AF289181

Urs W. Käser

Letztes Glas

am Tag der Artenvielfalt

Kriminalroman

Impressum

Bibliografische Information der Deutschen Nationalbibliothek:
Die Deutsche Nationalbibliothek verzeichnet diese Publikation in der
Deutschen Nationalbibliografie; detaillierte bibliografische Daten sind
im Internet über http://dnb.dnb.de abrufbar.

© 2025 Urs W. Käser

Verlag: BoD · Books on Demand GmbH, Überseering 33,

22297 Hamburg, bod@bod.de

Druck: Libri Plureos GmbH, Friedensallee 273, 22763 Hamburg

ISBN: 978-3-7693-2636-9

Handlung, Orte und Personen dieses Kriminalromans sind frei erfunden. Ähnlichkeiten mit lebenden oder verstorbenen Personen wären rein zufällig und sind nicht beabsichtigt.

Mittwoch, 25. Juni

Ein wunderschöner Sommermorgen war angebrochen. Zuerst hatten, gegen Süden hin, die dünnen Schleierwolken in einem hauchzarten Rosa aufgeleuchtet. Kurz darauf hatten die Bergspitzen im Osten die ersten Sonnenstrahlen empfangen, und die beleuchtete Fläche war Minute für Minute grösser geworden. Währenddessen hatte, tief unten, der See noch in einem düsteren Graugrün gelegen, und die verschatteten Dörfer an seinen Ufern waren nur zu erahnen gewesen. Dann, um fünf vor sechs, waren die ersten Sonnenstrahlen über dem Haldengrat erschienen und hatten die Alp Schönegg unvermittelt in gleißendes Licht getaucht.

Doch Franziska Obrist hatte von alldem nichts mitbekommen. Sie saß auf ihrem Sofa, vor sich den ersten Kaffee des Tages, und hielt den Kopf in die Hände gestützt. Sie fühlte sich unruhig. Unruhiger als üblich. Zum ersten Mal in diesem Jahr war ihr Hotel, das Bellavista auf der Alp Schönegg, für das Wochenende ausgebucht. Und ausgerechnet jetzt musste es Personalprobleme geben! Erst vor einem Monat war ihr Küchenchef mit einem Herzinfarkt ausgefallen, und der Ersatz hatte sich als nicht optimal herausgestellt. Zudem war ein Portier verunfallt, und seine Kollegen mussten deswegen Sonderschichten einlegen. Zu guter Letzt hatte Franziska Obrist vorige Woche einen Kellner, der gestohlen hatte, fristlos entlassen müssen. Eine solche Häufung von Ereignissen war ihr in den vierzehn Jahren als Hoteldirektorin noch nie passiert.

Immerhin hatte Carla Costello, die Chefin des Servicepersonals, sehr schnell einen Ersatz für den Kellner gefunden. Einen gewissen Luis Sanchez, der heute seinen Dienst antreten sollte. Ihn wollte Franziska unbedingt persönlich in Augenschein nehmen. Sie schaute auf die Uhr. Zehn nach acht, da müsste dieser Sanchez wohl bei der Arbeit sein. Sie verließ ihre im

Dachgeschoss gelegene Wohnung, fuhr mit dem Lift ins Erdgeschoss und betrat den großen Speisesaal.

Wie sie erwartet hatte, waren Carla Costello und der Neue in ein Gespräch vertieft. Ja, Carla war einfach eine Perle für das Hotel, dachte Franziska wieder einmal. Seit elf Jahren bei ihr im Dienst, lief unter Carlas Leitung alles, was mit dem Service zu tun hatte, jederzeit perfekt! Carla war überall präsent, achtete auf jede Kleinigkeit und ging mit dem Personal gleichermaßen professionell wie einfühlsam um. Deshalb hatte es Franziska sogar gewagt, Carla die Verantwortung für die Einstellung neuer Servicemitarbeiter zu übertragen, und sie hatte bisher nur gute Erfahrungen damit gemacht. Sie war sich sehr wohl bewusst, dass sie mit dieser Perle des Hotels sorgsam umgehen musste.

«Carla, guten Morgen!», sagte sie betont munter und versuchte, ihre Unruhe wegen der Personalsituation zu verbergen. «Alles in petto beim Service?»

«Sehr wohl, Chefin. Darf ich dir Luis Sanchez vorstellen? Ich mache gerade eine kleine Einführung für ihn. Aber ich merke schon jetzt, dass er sein Metier sehr gut beherrscht.»

«Das freut mich, Herr Sanchez.» Franziska gab ihm die Hand. «Sie kommen wohl aus Spanien?»

Sanchez sah ihr in die Augen. «Ja. Ich kommen von Sevilla. Am meisten heiße Stadt in Europa. Sommer über vierzig Grad. Aber sehr schön. Sie kennen es?»

«Leider noch nicht», antwortete die Chefin. «Nun, bei uns wird es gottseidank nie so heiß. Das ist auch viel angenehmer zum Arbeiten.»

Sie zog ein Blatt aus einem Plastikmäppchen und überflog es. «Wie ich sehe, haben Sie ausgezeichnete Referenzen, Herr Sanchez. Der perfekte Service wird Ihnen also leicht fallen. Beim Deutsch hingegen müssten Sie sich noch verbessern können.»

«Ich genau wissen, Direktorin. Absolut!»

8

«Aber das kriegen wir schon hin! Vielleicht kann Ihnen Carla ein wenig behilflich sein? Ich wünsche Ihnen einen guten Start im Bellavista.»

Damit entfernte sich Franziska in Richtung Lift und fuhr zurück in ihr Büro im fünften Stock. Auf einmal wurde ihr bewusst, dass ihre Nervosität weitgehend verschwunden war. Ja, sie freute sich jetzt sogar auf das kommende Wochenende. Der *Tag der Artenvielfalt*, dieses alljährlich stattfindende Projekt unter der Leitung des Naturhistorischen Museums, wurde erstmals bei ihr auf der Alp Schönegg durchgeführt. Ja, hier oben, beinahe tausend Meter über dem Brienzersee, war die Natur noch weitgehend intakt. Franziska selber war zwar nur mäßig interessiert an Pflanzen und Tieren, aber natürlich war sie sehr erfreut gewesen, als vorigen Sommer die Anfrage vom Naturhistorischen Museum gekommen war. Schon im Juni, vor Beginn der Hochsaison, ein volles Haus zu haben, war nicht selbstverständlich. Auch wenn es nur für eine Nacht war. Es bestand ja immer die Hoffnung, dass ein Teil der neuen Gäste mit der Zeit zu Stammgästen würden.

Die Anmeldungen für das Wochenende waren alle über die Hotelrezeption gelaufen, und Franziska war noch nicht dazu gekommen, die Gästeliste zu studieren. Das wollte sie jetzt nachholen, zog das Dossier aus ihrer Schreibtischschublade und ging die Namensliste durch. Schwitter, Paul Schwitter… den kenne ich doch… Ach ja! Der arbeitet beim Bund, irgendetwas mit Wasser… War der nicht ebenfalls Mitglied bei der *Bernensia*, ihrer alten Sudentenverbindung? Eigentlich schade, dachte sie, dass sie seit vielen Jahren nicht mehr an den Alumni-Treffen der Verbindung teilgenommen hatte. Aber sie war eben kein ausgesprochener Vereinsmeier, zudem war sie in ihrem abseits gelegenen Hotel doch stark angebunden. Als sie den nächsten Namen las, Barbara Manzoni, war die ganze Erinnerung wieder da: Paul Schwitter und seine Partnerin Barbara hatten vor ein paar Jahren für einige Nächte bei ihr im Bellavista logiert. Ein sehr

9

angenehmes, freundliches Paar. Schön, sind die beiden wieder hier, dachte sie. Als sie zum nächsten Namen kam, erstarrte sie jedoch: Joachim Seidler. Der kommt auch? Wie lange war das denn her? Ja, mehr als fünfunddreißig Jahre, dass sie, im ersten Semester ihres Studiums, Joachim Seidler an einer Party kennengelernt hatte. Von Anfang an waren ihre Gefühle ihm gegenüber zwiespältig gewesen. Zum einen hatte er sie spontan fasziniert, dieses Alphatier, dieser Macher, dieser geborene Anführer. Zum anderen hatte er sie gleichzeitig befremdet, hatte sie sein allzu selbstsicheres Gehabe unangenehm berührt. Joachim war beim weiblichen Geschlecht immens begehrt gewesen. Viele ihrer Kolleginnen hatten sich darum gerissen, in seinem kleinen, knallroten Kabriolett mitfahren zu dürfen. Was man da zu hören bekommen hatte, wie rasant er um die Kurven gejagt sei, und wie er sich über die Verkehrsregeln mokiert habe! Nein, sie selber hätte sich niemals in sein Auto gesetzt. Zum großen Glück, sagte sie sich, war sie nie im Geringsten in ihn verliebt gewesen! Ja, Joachim war zweifellos zum Aufstieg geboren, und er hatte dies später zur Genüge bewiesen. Ab und zu hatte sie irgendwo von seinem Erfolg als Geschäftsmann gelesen, aber ihre letzte Begegnung lag bestimmt zwanzig Jahre zurück. Nun ja, sie würde es auf sich zukommen lassen. Sie blickte wieder auf die Liste. Aber keiner der übrigen Namen kam ihr bekannt vor. Sie zählte kurz durch. Vierunddreißig Personen waren für die Veranstaltung angemeldet, offenbar lauter Expertinnen und Experten für bestimmte Gruppen von Lebewesen. Franziska fühlte sich ein wenig kribbelig. Das würde ein herausforderndes Wochenende werden!

Das Bundesamt für Naturgefahren hatte seine Büros mitten in der Altstadt. Der viergeschossige Sandsteinbau aus dem neunzehnten Jahrhundert stand in einer engen Gasse, keine hundert Meter vom Parlamentsgebäude entfernt. Punkt viertel vor zwei Uhr betrat Paul Schwitter das Haus, stieg in flottem Schritt die

Treppe hoch und betrat sein Direktionsbüro im dritten Stock. Seit sieben Jahren war er Amtsvorsteher, und in fünf Jahren würde er in Pension gehen. Eine Perspektive, die ihm gefiel. Nicht, dass er ungern hier arbeitete. Aber nach so vielen Jahren war doch beinahe alles zur Routine geworden, und er sehnte sich danach, mehr Zeit zu haben für seine Leidenschaft, die Beobachtung von Schmetterlingen. Und natürlich auch mehr Zeit für Barbara, seine zweite Leidenschaft.

Paul Schwitter rief sich kurz sein reich befrachtetes Programm für heute Nachmittag in Erinnerung. Zunächst war eine Sitzung mit dem Leiter Wasserbau geplant, danach ein Rapport mit seinem Chef, dem Departements-Vorsteher. Um siebzehn Uhr musste er vor einer Nationalratskommission ein kurzes Referat halten. Dazwischen würde er hoffentlich noch Zeit finden für die Vorbereitung eines weiteren Referats. Auch die schriftliche Stellungnahme zu einer Vorlage des Bundesrats durfte er nicht vergessen. Aber das konnte durchaus bis morgen warten.

Wie immer lag die Mittagspost auf seinem Schreibtisch. Obenauf lag ein Couvert ohne Absender. Neugierig geworden, riss er den Umschlag auf – und zuckte zurück. Was zum Teufel war denn das? Das durfte doch nicht wahr sein! Er warf das Papier auf seinen Schreibtisch, als wäre es ein lästiges Insekt.

«Barbara!», rief er durch die offenstehende Tür.

Die schlanke Frau mit pechschwarzen, locker auf die Schultern fallenden Haaren erschien im Türrahmen. «Ärger?», fragte sie.

Paul hatte unterdessen sein Bürofenster weit geöffnet und blickte, die Hände hinter dem Rücken verschränkt, hinaus auf die schon halb im Schatten liegende Gasse.

«Paul!», rief Barbara Manzoni, ungeduldig geworden, «was ist los?»

Sekunden verstrichen. Endlich drehte sich Paul um und kam, mit zu Boden gerichtetem, starrem Blick, langsam auf sie zu.

Barbara erschrak. Was war nur los?

11

Ganz plötzlich hob Paul den Kopf, trat zu ihr, breitete seine Arme aus und umarmte sie heftig. «Sag, dass es nicht wahr ist!», stieß er aus. «Sag, dass ich bloß träume!»

«Aber Liebling!» Barbara löste sich vorsichtig aus der Umarmung, sah Paul in die Augen und strich ihm sanft über die Wange. «Was bringt dich denn so aus dem Häuschen?»

Paul atmete heftig aus, ging zu seinem Schreibtisch, griff nach dem Papier, das dort lag, und wedelte damit in der Luft herum. «Hier! Soeben mit der Post gekommen! Unglaublich! Schau es dir ruhig an! Hast du schon mal so was erlebt, Barbara? Ein unbescholtener Vertreter der Schweizerischen Eidgenossenschaft wird anonym bedroht! Haarsträubend ist das!»

Barbara ergriff das Papier und las den mit einem grünen Filzschreiber in ungelenken Druckbuchstaben verfassten Text.

Paul Schwitter, du wirst es bitter bereuen! Korruption kann tödlich sein! Schon sehr bald!

«So was Dummes!», rief Barbara unwillig aus. «Das kann doch nur ein schlechter Scherz sein! Du und korrupt? Da lachen ja die Hühner! Bitte nimm das nicht ernst, Paul! Einen seriöseren Schweizer Beamten als dich kann ich mir gar nicht vorstellen!»

«Eben! Was soll dann dieser anonyme Wisch?»

Paul riss ihr das Papier aus der Hand, knüllte es zusammen und warf es mit Schwung in den Papierkorb. «Weg damit! Aus den Augen, aus dem Sinn!»

«Recht so!», bestätigte ihn Barbara. Sie setzte sich auf seinen Schreibtisch und schlug die Beine übereinander. Nachdenklich schaute sie ihn an.

«Was glotzt du so?», stieß Paul unwillig aus, «habe ich doch etwas verbrochen?»

Barbara zuckte zusammen. So mürrisch hatte sie Paul in den sieben Jahren ihrer Beziehung noch nie erlebt. Wenn es irgendein Problem gegeben hatte, war immer *sie* es gewesen, die zuerst nervös oder ärgerlich reagiert hatte. Ja, vom Temperament her

12

waren sie wirklich ein ungleiches Paar! Aber jetzt, wurde ihr bewusst, machte er sich tatsächlich Sorgen.

«Entschuldigung, Liebling», sagte sie sanft, «aber ich frage mich schon, ob das die richtige Reaktion auf so eine Drohung ist. Einfach den Kopf in den Sand zu stecken. Sollten wir nicht doch besser die Polizei informieren?»

«Ehm…» Paul lief unschlüssig im Büro hin und her. «Wenn ich bloß wüsste, worauf dieser anonyme Schreiber anspielt! Verdammt, ich bin doch niemals korrupt gewesen!» Er kratzte sich mit allen Fingern am Kopf. «Was könnte denn gemeint sein? Habe ich vielleicht irgendwann, ohne dass es mir bewusst wurde, etwas getan, das mir als Korruption vorgeworfen werden könnte? Irgendeine unbedachte Handlung? Ein Geschenk, das ich hätte zurückweisen müssen? Eine Einladung, die ich hätte ablehnen müssen?»

«Paul! Mach dich bitte nicht verrückt!» Barbaras Stimme war energisch geworden. Sie packte seine Hand. «Am besten gehen wir sofort zur Polizei. Die muss sich doch eines solchen Falles annehmen! *Kann tödlich sein*, heißt es da. Das ist eine glatte Morddrohung, Paul, ich bekomme Angst um dich!»

«Eben!» Paul seufzte. «Auch die Polizei kann mir niemals einen absoluten Schutz bieten. Ich muss zuallererst selber darauf kommen, was da gemeint sein könnte, und wer dahinter steckt. Bitte lass mich allein, Barbara. Ich kann jetzt nicht weiter darüber nachdenken. Meine Agenda ist randvoll.»

Kopfschüttelnd kehrte Barbara zurück in ihr Büro. Sie arbeitete seit sechsundzwanzig Jahren im Bundesamt für Naturgefahren, und Paul Schwitter war der dritte Amtsvorsteher, dem sie als Chefsekretärin unterstellt war. Und der erste, mit dem sie ein Liebesverhältnis unterhielt. Aber das wussten nur einige wenige Eingeweihte. So eine Konstellation sah man in der Bundesverwaltung eigentlich nicht gern. Aber offen ansprechen wollte es auch niemand. Barbara hatte sich im Lauf der Jahre einen tadellosen Ruf im Amt erarbeitet. Sie trat gegenüber allen Leuten freundlich und korrekt auf, ließ aber nie Zweifel darüber aufkommen, dass sie über sämtliche Projekte im Amt bestens informiert war, und dass ihr dieses Wissen nicht wenig Macht verlieh. Aber in all dieser Zeit war ihr noch nie etwas Vergleichbares passiert. Eine anonyme Drohung gegen eine Amtsperson! Die zudem noch ihren Liebsten betraf!

Plötzlich fühlte sie sich komplett erschöpft. Ihre Knie wurden butterweich, ihr Atem ging keuchend. Seufzend ließ sie sich auf einen Stuhl fallen, sackte richtiggehend in sich zusammen. Sie merkte, dass sie am ganzen Körper zitterte. Ja, gestand sie sich ein, sie hatte Angst, furchtbare Angst! *Schon sehr bald*, hatte es geheißen. War etwa das kommende Wochenende gemeint? An dem Paul und sie auf der Alp Schönegg Vögel und Schmetterlinge beobachten wollten, zusammen mit vielen anderen Naturbegeisterten? Aber warum sollte ausgerechnet dort etwas passieren? Ein Verbrechen konnte doch überall geschehen! Die schiere Vorstellung, dass jemand ihren Paul umbringen könnte, war vollkommen absurd. So etwas kam nur im Krimi vor! Und doch, Barbara vermochte sich nicht zu beruhigen. Die Angst blieb wie ein dicker Kloss in ihr stecken.

Iris König und Elena Keller hatten vor bald dreißig Jahren zusammen Botanik studiert. Seither waren sie dicke Freundinnen. Gerade saßen sie im Pausenraum des Botanischen Instituts und tranken ihren Nachmittagskaffee. Iris trug einen blau-weiß längsgestreiften Sommerrock. Dieser war bei dem heißen Wetter sehr bequem und hatte zudem den Vorteil, ihre in die Breite gegangenen Hüften zu kaschieren. Wie meistens hatte Iris die Augenpartie gekonnt blauviolett geschminkt und einen Lippenstift in Altrosa aufgetragen. Ihre mit einem Hauch von Grau durchwobenen blonden Haare waren zu einem Pagenschnitt frisiert. Elena fand diese Frisur unpassend, weil sie Iris' rundliches Gesicht betonte und sie älter als nötig erscheinen ließ. Trotzdem hätte sie unter keinen Umständen eine Bemerkung dazu fallen

14

lassen. Elena selber, immer noch so schlank, wie sie früher gewesen war, trug lediglich verwaschene Bluejeans und ein schwarzes T-Shirt. Sie war ungeschminkt und hatte ihre langen, dunkelblonden Haare zu einem lockeren Pferdeschwanz gebunden. Iris fand es schade, dass sich Elena so wenig Mühe mit ihrer äußeren Erscheinung gab. Mit wenig Aufwand hätte sie viel erreichen können, dachte sie oft. Aber selbstverständlich hätte sie es niemals laut ausgesprochen. In früheren Zeiten war dies anders gewesen, da hatten sich die Freundinnen beinahe täglich über Kleider, Schmuck und Schminke unterhalten. Aber in letzter Zeit hatte sich dieses Thema irgendwie von selber erledigt.

«Wie ich mich auf das nächste Wochenende freue!» sagte Iris. «Wieder mal raus aus dem Alltagstrott. Auf der Alp Schönegg war ich noch nie. Die Flora dort oben soll prächtig sein.»

«Das ist sie wirklich», bestätigte Elena, «ich war schon mehrmals dort, um für meine Projekte die Pflanzenwelt zu kartieren. Die Gegend präsentiert sich traumhaft schön, das kann ich dir versprechen. Und auch das altehrwürdige Hotel Bellavista, wo wir untergebracht sind, hat seinen besonderen Reiz.»

«Da bin ich mal gespannt auf dieses Wunderhotel», fuhr Iris fort, «aber genauso freue ich mich darauf, wieder einmal alte Bekannte aus anderen Wissensgebieten zu sehen. Man trifft doch mehr oder weniger immer dieselben Kolleginnen und Kollegen aus den anderen Disziplinen an.»

«Ja, solch ein *Tag der Artenvielfalt* ist eine gute Sache», bestätigte Elena, «wenn man immer nur im Botanischen Institut sitzt, vergisst man leicht, welche Vielfalt an spannenden Organismen es neben unseren geliebten Pflanzen noch gibt: Vögel, Schmetterlinge, Wildbienen, Käfer, Fliegen, Spinnen, Schnecken, Moose, Pilze… Der Reichtum der Natur ist doch atemberaubend, nicht wahr? Sag mal, Iris, war es leicht» – Elena malte mit zwei Fingern Gänsefüßchen in die Luft – «Urlaub von deiner Familie zu bekommen?»

«Kein Problem», lachte Iris, «meine Söhne sind ja schon zwölf und fünfzehn, die haben andere Prioritäten, als mit Mama einen Sonntagsspaziergang zu machen… Kurt wird mit den Jungs am See zelten gehen, so wird es meiner Männerrunde nicht langweilig. Ja, wir haben es gut zusammen in meiner kleinen Familie.»

«Schön für euch», erwiderte Elena dumpf. Nach ein paar Sekunden wandte sie sich ab und blickte starr zur Wand. Sie konnte nicht verhindern, dass ihr zwei große Tränen über die Wangen liefen.

Iris merkte es sofort. «Oh, das wollte ich bestimmt nicht, Elena», sagte sie schuldbewusst und strich ihr sanft über den Handrücken, «tut mir echt leid.»

Jetzt fühlte sich Iris nur noch miserabel. Immer wieder passierte es ihr, dass sie ins Fettnäpfchen trat, wenn sie gegenüber Elena von ihrer Familie schwärmte. Du unsensibles Ding, schimpfte sie sich jeweils in solchen Situationen. Ja, Elena hatte es, nach dem tragischen Ereignis damals, wahrlich nicht leicht gehabt. Kein Wunder, hatte sie das Vertrauen in die Männer weitgehend verloren und seither, neben einigen belanglosen Episoden, keine stabile Beziehung zu einem Mann mehr aufbauen können. Dabei lag diese unselige Geschichte schon mehr als fünfundzwanzig Jahre zurück! Aber eben, gewisse Wunden lassen sich kaum heilen, sagte sich Iris.

«Schon gut», erwiderte Elena und wischte sich mit ihrem Taschentuch energisch die Tränen weg, «beim Thema Familie kommen mir manchmal die Gefühle hoch… Dann kommt wieder dieses sinnlose Grübeln… Wenn ich das damals besser hätte verarbeiten können… Wenn ich doch noch den Richtigen gefunden hätte… Und wenn ich jetzt gerade zwei pubertierende Teens hätte… Ach Scheiße, vergiss es, Elena!» Sie ballte beide Fäuste.

«Übrigens», versuchte sie vom Thema wegzukommen, «hast du die Teilnehmerliste auch erhalten?»

«Ja, natürlich», erwiderte Iris, «aber ich habe sie noch nicht wirklich angeschaut. Lass mich mal sehen.»

16

Sie griff in ihre Handtasche, zog ein Couvert hervor, entnahm ihm ein Blatt, faltete es auf und begann, die Liste durchzugehen. «Aha, die Insektenkunde ist wie immer gut vertreten. Ganze fünf Leute vom Naturhistorischen Museum sind für diesen Bereich angemeldet. Wen wundert's, Insekten-Arten gibt es ja wie Sand am Meer...»

Elena hatte ihre Liste ebenfalls hervorgenommen. «Oh, sogar Ernst Biland macht wieder mit. Ist der nicht schon ein wenig...?»

«Genau», bestätigte Iris schmunzelnd, «ein wenig *Gaga* ist der emeritierte Professor unterdessen... Aber warum soll er nicht mitmachen? Ich finde es schön, dass man ihn nicht links liegen lässt. Er kann ja einfach dabei sein, ohne jeden Druck, irgendetwas Wissenschaftliches beitragen zu müssen. Er wird viele seiner geliebten Wanzen finden und damit sehr zufrieden sein, auch wenn er wohl ihre Namen manchmal verwechselt.»

«Da stimme ich dir zu. Weißt du noch? Die Entomologie-Vorlesung, die wir bei Ernst Biland im zweiten Studienjahr besuchen mussten. Meine Güte, das sind jetzt genau dreißig Jahre her! Der Biland war damals im besten Mannesalter, immer piekfein gekleidet und frisiert. Nicht wahr, die Insektenkunde hat uns beide nicht wirklich fasziniert, unser Herz hing schon damals klar an der Botanik.»

«Aber die Vorlesung war trotzdem gut, auch wenn es nur Pflichtstoff war», entgegnete Iris, «und weißt du noch, wie wir uns immer gefragt haben, wie wohl Bilands Privatleben aussehe? Ob er verheiratet oder einfach Single geblieben sei? Oder... vielleicht sogar vom anderen Ufer sei...?»

«Ja, aber wir haben es nie herausgefunden. Waren das noch Zeiten!», sinnierte Elena lächelnd.

Iris blickte wieder auf die Namensliste. «Paul Schwitter und Barbara Manzoni sind auch wieder dabei, das freut mich! Ich mag die beiden wirklich gut. So angenehme Leute! Und sonst? Oh je! Joachim Seidler kommt ebenfalls! Bist du sicher, Elena, dass du es verkraften wirst, Joachim wieder zu begegnen? Wenn vielleicht all die Erinnerungen wieder hochkommen…?»

«Ja, ich muss und werde das aushalten!», stieß Elena grimmig hervor. «Ich lasse es nicht zu, dass die Vergangenheit mein Leben so einengt. Nein, ganz bestimmt nicht!»

«Gut, wenn du meinst. Aber quäle dich nicht unnötig. Wenn es dir zu viel wird, vertraue dich mir an, und dann reist du einfach wieder ab. Versprichst du mir das, Elena?»

«Ja», hauchte diese nur und musste nochmals ihr Taschentuch hervorholen. Ja, ihre Erinnerungen an Joachim Seidler waren beileibe nicht nur angenehm.

«Verdammt, was soll das?» Joachim Seidler zerknitterte das Stück Papier und warf es mit einer raschen Handbewegung auf seinen Schreibtisch, als wäre es glühend heiß. «Wer besitzt die unverschämte Frechheit, mir zu drohen?» Er ging rasch zum Fenster, riss es auf und sah auf den parkähnlichen Garten hinaus, der seine Villa umgab.

«Joachim! Was hast du? Ist etwas passiert?»

Eine Frauenstimme hatte sich genähert. Joachim drehte sich um.

Martina erschien im Türrahmen. «Warum schreist du so?», fragte sie ungeduldig. Da bemerkte sie den zerknitterten Fetzen Papier auf dem Schreibtisch, nahm ihn mit spitzen Fingern auf und strich ihn mit der Handfläche glatt. «Oh je! Du wirst bedroht! Das ist ja allerhand!»

Joachims Miene entgleiste. «Eine unverschämte Frechheit ist das! Soeben mit der Post gekommen, natürlich anonym!» Er schlug mit der Faust auf seinen Schreibtisch. «Ach, am besten vergesse ich es gleich wieder. Das kann ja nur so ein Spinner sein, der sich wichtig machen will.»

Martina Seidler sah nochmals auf das Papier. Eine ungelenke Schrift mit grünem Filzschrift und in Druckbuchstaben:

18

Joachim Seidler, was hast du mir damals Schlimmes angetan! Du wirst es bitter bereuen! Die Rache folgt schon sehr bald!

Sie wandte den Blick ihrem Mann zu. «Meinst du, das sei klug? Einfach wegzuschauen und den Wisch zu ignorieren? Also *ich* würde sofort zur Polizei gehen damit.»

«Unsinn», stieß Joachim aus und strich sich mit gespreizten Fingern seine hellbraunen, leicht gewellten Haare zurück. «Ich habe jetzt keine Zeit für solchen Firlefanz. Das nächste Wochenende rückt näher, und bis dann gibt es noch jede Menge zu tun...»

«Wie du meinst», antwortete Martina leise. «Aber einmal ernsthaft – und ich meine ernsthaft! – zu überlegen, wer überhaupt einen Grund hätte, sich für irgendetwas an dir rächen zu wollen – wäre das nicht angebracht? Nur du selber kannst abschätzen, wer das sein könnte. *Mir damals Schlimmes angetan,* heißt es. Demnach muss das Ereignis, auf das angespielt wird, schon länger zurückliegen. Ich denke sogar, es geschah vor meiner Zeit. Und es muss etwas sehr Gravierendes gewesen sein. Ich kann mir lebhaft vorstellen, dass du dir in jüngeren Jahren Manches geleistet hast, das nicht wirklich dem Gesetz und der Moral entsprach. Denk bitte mal gründlich darüber nach. Ich glaube nicht daran, dass dies nur ein Scherz ist.»

Joachim warf ihr einen bösen Blick zu. «Ehm... Wie du meinst. Aber zuerst brauche ich einen Schnaps.»

Er ging zu seiner in der Ecke des Wohnzimmers stehenden Bar, schenkte sich einen Whisky ein und kippte ihn hinunter. «Sagt nicht ein altes Sprichwort: Hunde, die bellen, beißen nicht?», fragte er zu Martina hinüber.

Diese zuckte nur mit den Schultern. «Also wenn du dich darauf verlassen willst... Bitte sehr.»

Joachim brummelte etwas vor sich hin. Dann nahm er das Papier nochmals zur Hand. «*Mir damals Schlimmes angetan,* heißt es tatsächlich... Verdammt! Wer kann das bloß sein?»

Er sah zum Fenster und schüttelte energisch seinen Kopf. «Selbstverständlich war ich nicht immer ein Engel», sagte er grinsend vor sich hin. «Manchmal muss man eben jemandem auf die Füße treten, um seine Ziele zu erreichen. Das ist ganz normal. Aber so eine unmissverständliche Drohung?»

Er drehte sich wieder zu Martina um. «Du hast vollkommen recht. Ich muss diese üble Sache zuerst gründlich überdenken. Ich verziehe mich jetzt ins Büro. Es könnte heute Abend etwas später werden. Du musst nicht warten mit dem Essen.»

«Kein Problem», antwortete Martina und wandte sich zum Gehen, «du weißt ja, an meinem freien Mittwochnachmittag bin ich immer im Tennisclub. Und auch da könnte es etwas später werden…»

Soll er sich doch besser mit *seiner* Bettina über die Bedrohung unterhalten, sagte sich Martina, ich jedenfalls habe damit gar nichts zu tun. Sie eilte in ihr eigenes Schlafzimmer, um ihre Tennissachen zusammenzupacken.

Joachim spürte einen Kloß im Magen. Wenn er sich vorstellte, wie seine Frau im Tennisclub mit dieser Stefanie… Dabei ging das jetzt schon drei Jahre so… Er schaffte es einfach nicht, sich an solch eine Vorstellung zu gewöhnen. Lag es etwa daran, dass sie nach wie vor zusammenwohnten? Wenn auch mit getrennten Schlafzimmern und Bädern, aber man begegnete sich eben täglich einige Male. Wäre es doch an der Zeit, eine Scheidung ins Auge zu fassen? Lange, sehr lange hatte er sich gegen diese Idee gewehrt, weil es ihm einfach nicht in den Kram passte. Martina, Stefanie, Bettina, alle wären glücklich über eine Scheidung. Vielleicht am Ende auch er selber? Aber vorerst wartete ein dringenderes Problem: Dieser Drohbrief!

Joachim entschloss sich, entgegen seiner Gewohnheit, zu Fuß ins Büro bei seiner Firma *AquaTop* zu gehen. Dreißig Minuten Marschieren statt vier Minuten Autofahren, das würde ihm guttun.

20

Er ging, ohne sich zu beeilen, aber auch ohne stehenzubleiben, in Richtung Innenstadt. Seine Sinne nahmen kaum etwas wahr von dem, was um ihn herum passierte, so tief war er in Gedanken versunken. *Mir damals Schlimmes angetan,* wirbelte es ihm unablässig durch den Kopf. Was könnte damit gemeint sein? Ja, er hatte manches Mal über die Stränge geschlagen, vor allem in jungen Jahren. Er hatte viele Frauen gehabt, und manche von ihnen hatte er bitter enttäuscht. Da drängte sich plötzlich ein Name in der Vordergrund: Elena. Diese attraktive und gescheite Frau. Und auch sie hatte er enttäuschen müssen. Nichts dergleichen war geplant gewesen, es war einfach passiert. Nein, damals war es für ihn undenkbar gewesen, sich auf so eine Situation einzulassen. Natürlich war es für Elena bitter gewesen, aber was hätte er sonst tun sollen? Ja, das war damals die beste und die einzige Lösung des Problems gewesen!

Joachims Gedanken schweiften um viele Jahre weiter... Und schon erschien der Name Peter vor seinem inneren Auge. Ja, da hatte er nicht fair gehandelt, das musste er sich eingestehen. Peter hätte eine größere Abfindung bekommen sollen. Aber im Geschäftsleben geht es eben manchmal hart auf hart, und wenn man sich nicht einigen kann, muss man die Konsequenzen ziehen. Er, Joachim, hatte die Auseinandersetzung für sich entschieden. Aber als Sieger hätte er großzügiger sein sollen, das sah er jetzt ein. Wie es Peter wohl jetzt ging? Hatte er sich, nach seinem unschönen Abgang von der *AquaTop,* im Lehrerberuf bewähren können?

Als Joachim vor einem Fußgängerstreifen warten musste, kam ihm plötzlich Angelika in den Sinn. War das eine Frau gewesen, und wie hatte er um sie gekämpft! Ja, sein Konkurrent hatte damals ebenfalls mit harten Bandagen gefochten, aber am Ende hatte er Angelika auf seine Seite ziehen können. Und, wer weiß, ohne dieses tragische Unglück kurz darauf wären sie vielleicht heute noch zusammen! Wie war er dumm gewesen damals, hatte geglaubt, mit einem schnittigen Sportwagen könne er jede Frau beeindrucken. Und es hatte ja funktioniert, bis zu jenem Unglückstag…

Ach, lass das Grübeln, sagte sich Joachim, das sind doch nur längst erledigte alte Geschichten. Wie sollte es möglich sein, dass eine davon jetzt wieder auftauchte und ihm mit einer solchen Drohung die Hölle heiß macht? Nein, das war einfach absurd! War es doch nur ein makabrer Scherz?

Energisch betrat er das Gebäude der *AquaTop*.

Es klopfte an der Tür. «Herein!», rief Max Opprecht mit seiner Bassstimme. «Ach du bist es, Lisa. Komm rein.»

Max Opprecht freute sich jedes Mal beim Anblick seiner Forschungsassistentin Lisa Tonelli. Mit ihrer weiblichen Ausstrahlung, ihrer Offenheit, ihrer Fröhlichkeit, ihrem Charme brachte sie täglich eine Prise Lebensfreude in die verstaubten Mauern des Naturhistorischen Museums. Das war auch bitter nötig, weil in diesen Räumen ausschließlich mit toten Organismen gearbeitet wurde. Säugetiere, Vögel, Reptilien und Amphibien standen als Präparate – sogenannt *ausgestopft* – in den Vitrinen herum. Insekten, Spinnen und andere Kleintiere reihten sich – tot, aufgespießt und sauber beschriftet – in breiten Schubladen nebeneinander. Pflanzen lagen zu Tausenden – getrocknet, aufgeklebt und etikettiert – in den Herbariums-Schränken. Schließlich die Mineralien und Steine in der Geologischen Abteilung – nun, die waren sowieso nie wirklich lebendig gewesen…

Max schmunzelte. «Womit kann ich dienen, Lisa?»

«Zunächst mal Guten Tag!»

Lisa Tonelli fuhr sich lachend durch ihren schwarzen Lockenkopf, den sie von ihrem italienischen Vater geerbt hatte. Ihre dunklen Augen strahlten, die purpurrot angemalten Lippen leuchteten, und ihre hellblaue Bluse, der dunkelblaue Jupe und die schwarzem Pumps mit halbhohen, dünnen Absätzen passten perfekt zusammen.

22

«Sorry, sorry», brummte Max schuldbewusst. Es machte ihm Freude, eine gepflegte weibliche Erscheinung zu würdigen. «Also guten Tag, schöne Frau. Komm ruhig herein, ich beiße bekanntlich niemanden.»

Lisa kam näher und stupste Max mit einem Zeigefinger scherzhaft in die Brust. «Max, wie siehst du heute wieder aus! Ist das eine Art, eine junge, elegante Dame zu empfangen?», spöttelte sie kopfschüttelnd.

Max Opprecht, seit Jahrzehnten Leiter der Entomologischen Abteilung, war bekannt für sein ausgesprochen saloppes Auftreten. Die grauen, immer etwas zu langen Haare standen ihm in allen Richtungen vom Kopf ab, der Bart war mehr schlecht als recht getrimmt, das T-Shirt war nicht gebügelt, die Jeans ausgefranst, die Sandalen uralt, und seine tiefe Stimme konnte, wenn man ihn nicht kannte, abschreckend wirken. Trotzdem war Lisa, die immer sehr auf ihre äußere Erscheinung achtete, mehr als zufrieden mit ihrem Vorgesetzten. Max war blitzgescheit, dabei immer freundlich und hilfsbereit, und eines seiner großen Anliegen war die Förderung junger Frauen in ihrer akademischen Karriere. Als Max vor mehr als dreißig Jahren seine Dissertation schrieb, gab es kaum Frauen, die sich wissenschaftlich für Insekten interessierten. Inzwischen aber waren die Frauen unter den Doktorierenden sogar in der Überzahl, und Max versuchte, die besten unter ihnen für eine akademische Laufbahn zu motivieren. Lisa gehörte definitiv zu den besten, fand er. Nach ihrer mit *summa cum laude* abgeschlossenen Dissertation über die Gruppe der Schlupfwespen hatte er ihr zu einer Forschungsstelle als Postdoktorandin verholfen, und jetzt stand sie kurz vor dem Abschluss ihrer Habilitationsschrift. Er hoffte, Lisa auch weiterhin als Forscherin für das Museum halten zu können. Aber natürlich war ihm bewusst, dass sie mit größerer Wahrscheinlichkeit irgendwann als hauptamtliche Dozentin an eine Universität wechseln würde.

Max hatte sich schon manches Mal gewundert. Lisa war eindeutig der *Paradiesvogel* in der Entomologie, in dieser Wissenschaft, die sich hauptsächlich mit der Identifikation und dem Archivieren von toten Insekten befasste. Beinahe alle, die hier arbeiteten, gaben sich wie Max ausgesprochen salopp in Kleidung und Auftreten, und viele von ihnen hätte man wohl als Einzelgänger bezeichnet. Was zog also eine attraktive und modebewusste junge Frau mit gutem Mundwerk in die verstaubten Säle eines Naturhistorischen Museums? Max hatte keine wirklich überzeugende Erklärung, Lisa war wohl einfach ein Ausnahmefall. Er wusste kaum etwas über ihr Privatleben. Eine Zeitlang war sie mit einem Chemiker befreundet gewesen, aber sie hatte diesen seit langem nicht mehr erwähnt. War sie demnach wieder Single? Max nahm sich vor, Lisa irgendwann danach zu fragen. Aber im Moment ging es ja um ein interessantes Insekt!

Lisa zog jetzt nämlich einen kleinen Behälter aus Plexiglas hervor und setzte sich vor die Binokular-Lupe, die immer in der rechten Ecke von Max' Schreibtisch stand.

«Ich habe hier ein Problem», sagte sie, legte den etwa acht Millimeter großen Sechs-Beiner unter die Lupe und stellte scharf. «Sieh mal hier», forderte sie Max auf. «Eindeutig ein *Leptogaster*, aber weiter komme ich nicht. Nichts passt wirklich in meinen Bestimmungsschlüsseln.»

Max sah sich das Insekt an. «Du hast recht. Es ist zweifellos eine Raubfliege aus der Gattung *Leptogaster*. Aber welche Art ist es? Ich nehme an, du hast die Raubfliege mit den Online-Schlüsseln bestimmt. Schauen wir doch noch in einem der älteren Bestimmungsbüchern nach.»

Er blickte konzentriert auf das überfüllte Büchergestell, das eine ganze Wand seines Büros einnahm. Dann zog er zielgerichtet einen ledergebundenen Band heraus. «Mein Geheimtipp für die Gruppe der Raubfliegen», schmunzelte er, «herausgekommen bereits 1947, aber immer noch genial gut mit seinen Detailzeichnungen.»

24

Er blätterte eine Weile. «Hier, das müsste er sein. Schau mal diese Skizze an: Beinbehaarung, Thorax-Zeichnung, Flügeladerung. Alles stimmt! Also eindeutig ein *Leptogaster ovaliformis.*»

«Genial!», schwärmte Lisa, «einmal mehr zeigt es sich, dass auch alte Bücher von unschätzbarem Wert sein können. Vielen Dank für deine Unterstützung, Max!»

«Also wenn du das nächste Mal unsicher bist, darfst du ruhig in meinem Bücherschrank stöbern kommen, auch wenn ich nicht da bin. Übrigens: Freust du dich auch so auf diesen *Tag der Artenvielfalt* am Wochenende, Lisa?»

«Oh ja. Endlich wieder mal raus aus dem Büro, in eine faszinierende Landschaft ausschwärmen, mit dem Kescher spannende Viecher einfangen... Und diese Alp Schönegg kenne ich noch gar nicht. Sag mal, kommt Ernst Biland tatsächlich mit?»

Max schmunzelte. «Warum nicht? Du befürchtest wohl, er könnte sich lächerlich machen? Und wenn schon? Sein Renommee wird ihm niemand mehr wegnehmen, und alle wissen doch, dass er nicht mehr wirklich bei der Sache ist. Die eine oder andere Wanze wird er schon noch fangen auf der Alp, und wenn er vielleicht ihren Namen vergessen hat, *who cares*? Nein, ich brächte es nie übers Herz, meinen verehrten Lehrmeister und Vorgänger auszuladen.»

«Oh wie sehr liebe ich das an dir!» Lisa beugte sich vor und gab Max ein Küsschen auf die Wange.

«Hallo, Schatz!» Martina Seidler drückte Stefanie Dormann einen Kuss auf die Lippen. «Wie geht's dir?»

«Bestens! Aber du... Du siehst doch irgendwie bedrückt aus?»

Martina zuckte die Schultern. «Weißt du... Ich mache mir Sorgen um Joachim...»

«Um Joachim? Oh... Verzeih mir bitte. Aber das scheint mir irgendwie...»

«Komm, wir spielen zuerst eine Runde, ich erzähle es dir nachher.»

«Einverstanden!», stimmte Stefanie zu, packte ihr Tennisracket und wandte sich dem Spielfeld zu.

Zwei Damen um die Siebzig, die sich gerade auf Liegestühlen, mit einem Getränk in der Hand, von ihrem Match erholten, sahen den beiden jüngeren Frauen schmunzelnd zu. Sie fanden es wunderbar, dass diese im Rahmen des Clublebens so unkompliziert miteinander umgehen konnten. Es war wie immer: Alle wussten Bescheid, und niemand sprach offen darüber. Martina war zwar nach wie vor Joachim Seidlers Ehefrau, aber emotional hatte sie sich längst von ihm gelöst. Mehr noch, sie hatte eine ganz neue Seite an sich entdeckt und sich leidenschaftlich in eine Frau verliebt. Stefanie Dormann, eine engagierte Journalistin und begeisterte Tennisspielerin, hatte Martina offensichtlich die Augen für die weiblichen Reize geöffnet. Martinas Verhalten war im Rahmen des Clubs nicht nur allgemein akzeptiert, manche bewunderten insgeheim die Frau, die so stark und konsequent ihren eigenen Weg ging.

Eine halbe Stunde später betraten Stefanie und Martina Hand in Hand das Clubhaus, holten sich am Automaten eine Apfelschorle und setzten sich an einen freien Tisch.

Martina wischte sich mit einem kleinen Frotteetuch den Schweiß aus der Stirn. «Puh, du hast mich echt gefordert heute, Stefanie! Meine Kondition lässt immer noch zu wünschen übrig, obwohl ich doch zweimal die Woche trainiere. Ich bin zu langsam, erwische deine verflixten Bälle einfach nicht mehr!»

Stefanie tätschelte ihr den Handrücken. «Ich finde, du hältst dich sehr gut. Immerhin bist du zehn Jahre älter als ich, und du hast schon zwei erwachsene Söhne.»

«Danke für die Aufmunterung. Aber, wie erwähnt, mache ich mir Sorgen um Joachim.»

«Warum denn?»

«Weißt du, da kam heute mit der Post dieser anonyme Brief… Es ist vollkommen verrückt: Joachim wird mehr oder weniger mit dem Tod bedroht!»

26

«Oh je! Aber weshalb denn?»

«Es scheint um eine Art von Rache zu gehen, von einer Person, der er vor langer Zeit etwas Schlimmes angetan haben soll. Er behauptet jedoch, nicht die leiseste Ahnung zu haben, wer dahinterstecken könnte. Aber das nehme ich ihm nicht ab!»

«Vor langer Zeit, hast du gesagt. Also wohl noch vor deiner Zeit?»

«Das würde ich annehmen. Er hat sich ja in seinem Leben manchen Feind gemacht. Sein Verhalten im Geschäftlichen wie im Privaten war nicht selten hart an der Grenze des Erlaubten. Vor allem in jüngeren Jahren soll er ordentlich über die Stränge geschlagen haben, erzählt man sich.» Martina musste lächeln. «Nun, wenn er nicht zeitweise so ein unangenehmer Partner wäre, hätte ich mich vielleicht gar nie in dich verliebt.»

Stefanie drückte ihre Hand. «Aber zurück zu diesem Drohbrief. Da gibt es nur eines, sage ich: Sofort zur Polizei damit!»

«Das habe ich Joachim auch geraten. Aber er wollte nichts davon wissen.»

«Ha! Typisch Mann! Meint wohl, er sei ein Held, habe alles im Griff und sei unbesiegbar.»

«Nun, er muss selber wissen, was er tut. Aber ich habe gar kein gutes Gefühl. Ich kann nur hoffen, dass ihn seine Bettina zur Vernunft bringen wird, und er noch diese Woche die Polizei einschaltet. Weißt du, am Wochenende findet im Oberland der Tag der Artenvielfalt statt, für Joachim einer der Höhepunkte des Jahres. Wie üblich sehr nobel, im Hotel Bellavista auf der Alp Schönegg, alles vom Feinsten... Und da möchte er sich zum Vereinspräsidenten wählen lassen.»

«Weißt du...», entgegnete Stefanie zögernd, «das klingt jetzt wie ein blöder Zufall, aber wo du schon von dieser Alp Schönegg gesprochen hast... Es trifft sich eben, dass ich auch hinfahren werde... Als offizielle Vertreterin der Presse. Ich wollte eigentlich ablehnen. Aber es hatte sonst einfach niemand Zeit, am letzten Juni-Wochenende ist so viel los. So habe ich mich eben überreden lassen. Und mittlerweile freue ich mich sogar darauf. Ein Wochenende in der Bergwelt verbringen, den Expertinnen und Experten über die Schulter schauen, wie sie Tiere und Pflanzen beobachten, danach einen spannenden Artikel darüber schreiben. Ja, das wird eine gute Herausforderung für mich.»

«Sag mal, Stefanie, verstehst du denn genügend von Biologie, um einen fundierten Artikel zu dieser Veranstaltung zu schreiben?»

Stefanie lachte nur. «Oh nein, aber dazu braucht man nicht allzu viele Fachkenntnis. Wichtig ist, die Atmosphäre aufzunehmen, sich ein Bild davon zu machen, wie die Fachleute bei der Artensuche vorgehen, kurze Gespräche mit ihnen zu führen und dabei den einen oder andere Fachausdruck aufzuschnappen. Der Käferforscher wird anders vorgehen als die Schmetterlingsfängerin oder der Botaniker. Natürlich gehören auch ein paar gute Fotos dazu. Und jetzt habe ich noch ein Anliegen, Martina.»

«Ja?»

«Ich möchte nicht allein fahren. Es wäre so viel schöner mit dir zusammen, du liebst doch auch die Berge!»

«Ich soll mitkommen? Ich glaube nicht, dass ich das möchte. Joachim und Bettina werden dort sein, das ist mir einfach zu viel! Kannst du das nicht verstehen?»

«Bitte, Liebling, tu es für mich!»

Martina seufzte tief. Ihr Widerstand begann zu schwinden. Es drängte sie so sehr, Stefanie etwas zuliebe zu tun. Aber dann sah sie Joachim und Bettina vor sich, wie sie miteinander umgingen, als gäbe es nur sie beide auf der Welt. Nein, das wollte sie nicht mitansehen müssen, Stefanie hin oder her. Es kam ihr seltsam vor. Sie hatte geglaubt, sich emotional von Joachim längst gelöst zu haben. Und trotzdem, wenn sie ihn mit Bettina zusammen sah, gab es ihr einen Stich ins Herz…

«Es tut mir leid, Stefanie, aber ich habe mich entschieden. Ich bleibe zuhause.»

28

Stefanie war den Tränen nahe und presste die Zähne zusammen. Sie verstand Martinas Beweggründe, trotzdem schmerzte es sie. Sie sah, wie auch Martina ganz unglücklich wirkte. Bewusst atmete sie einige Male tief durch. Jetzt war es wieder besser! Reagier doch nicht wie ein beleidigtes Schulmädchen, sagte sie sich. Du bist eine erwachsene Frau und musst souverän mit solchen kleinen Widrigkeiten umgehen können. Dann zog sie Martinas Kopf zu sich hin und küsste sie sanft auf den Mund.

Bettina Faber hatte sich, kurz vor Abschluss ihres Biologiestudiums, in einen jungen Banker verliebt. Das Glück schien perfekt, und nach einem Jahr zogen sie zusammen. Der Banker erklomm bald die nächste Stufe der Karriereleiter, und Bettina arbeitete weiter an ihrer Dissertation zum Thema Wildbienen. Die Jahre vergingen, ohne dass jemand von ihnen das Thema Kinder angesprochen hätte. An ihrem dreißigsten Geburtstag – die Dissertation war unterdessen abgeschlossen — erklärte Bettina, ein Leben ohne eigene Kinder sei für sie undenkbar, und sie wolle nächstens die Verhütung absetzen. Ihr Partner fiel aus allen Wolken. Er fühle sich komplett überrumpelt, und eigentlich seien Kinder für ihn ein absolutes *NoGo*. Bettinas Enttäuschung war grenzenlos. Sie versuchte später noch einige Male, auf das Thema zurückzukommen, er aber blieb bei seinem kategorischen Nein. Schließlich zog sie die Reißleine und beendete in kürzester Zeit die Beziehung.

Unterdessen hatte sie, dank ihrer guten Zeugnisse, eine attraktive Stelle gefunden und stieg begeistert in ihre Aufgaben bei Joachim Seidlers Firma *AquaTop* ein. Diese Firma hatte sich auf die naturschutzfachliche Begleitung von Wasserbauprojekten spezialisiert. Schon nach einem Jahr wurde Bettina zur Projektleiterin Wasserqualität befördert, und das Thema *Mann und Kind* trat in den Hintergrund. Und dies, obwohl sie dank ihrer attraktiven weiblichen Erscheinung jede Menge Bewerber gehabt hätte.

Bis dann, eines Abends nach Arbeitsschluss, ihr Chef Joachim erschien und sich bei ihr... Wie hätte sie es formuliert? Ja, es stimmte: Er heulte sich bei ihr aus.

Er klopfte an ihre Bürotür, wartete, bis sie reagierte, und trat dann zögernd ein. Bettina fühlte sich verunsichert. Joachim benahm sich doch sonst nie so zurückhaltend! Beinahe unterwürfig kam er ihr vor. Wollte er sie etwa ungehörig belästigen? Sie blieb auf der Hut, achtete darauf, dass er ihr nicht zu nahe kommen konnte. Aber das war unnötig. Joachim kam ihr wie verwandelt vor. Keine Spur mehr vom selbstsicheren Chef, vom coolen Macher, vom gewohnten Frauenschwarm. Geknickt, deprimiert, ausgelaugt kam er ihr vor. Sie merkte sofort, dass es ihm bitter ernst war, sich bei ihr auszusprechen. Aber warum gerade bei ihr, fragte sie sich. Sie war sich wohl bewusst, dass sie eine attraktive Frau war, und dass Joachim auf attraktive Frauen sehr leicht ansprach, doch bisher hatte sie kategorisch ausgeschlossen, Joachim als potentiellen Partner anzusehen. Aber dieser entpuppte sich jetzt als durchaus sensibler Mann.

Er sprach unbefangen von seiner Schwierigkeit, damit umzugehen, dass sich seine Ehefrau Martina in eine andere Frau verliebt hatte. Dies widersprach sowohl seinem Bestreben, nach außen hin den Eindruck einer intakten Familie zu wahren, als auch seinem Selbstverständnis, von seiner Ehefrau vorbehaltlos als vollwertiger Partner anerkannt zu werden.

Bettina zeigte sich offen für Joachims Sorgen, hörte ihm aufmerksam zu, unterließ es, ihn zu kritisieren, und sie deckte ihn auch nicht mit gutgemeinten Ratschlägen ein. Nach mehr als zwei Stunden Gespräch trennten sie sich mit einer spontanen kurzen Umarmung.

Wenige Tage später spürte Bettina, dass sie sich verliebt hatte. Sie traute aber ihren Gefühlen noch nicht wirklich und wollte sie bewusst reifen lassen. Joachim zeigte sich weiterhin als korrekter Vorgesetzter, verhielt sich lediglich ihr gegenüber noch eine Idee zuvorkommender als früher.

30

Genau einen Monat nach ihrem langen Gespräch legte Bettina Joachim ein Kärtchen auf den Schreibtisch mit einer Einladung zum Abendessen bei ihr zuhause. Und danach ging alles sehr schnell...

Das war jetzt fünf Jahre her. Entgegen der allgemeinen Meinung, dass eine Verliebtheit höchstens ein paar Monate andauern könne, fühlte sich Bettina immer noch wie frisch verliebt. Sie hätte es als perfekte Partnerschaft bezeichnet, wenn nicht... Ja, wenn ihr so lange verdrängter Kinderwunsch nicht wieder aktuell und drängend geworden wäre. Auf Andeutungen in dieser Richtung hatte Joachim hartnäckig verhalten und unbestimmt reagiert. Bettina hatte ihre Hoffnungen noch nicht ganz begraben, sie aber immer wieder in eine Ecke gesperrt.

Und diese Ecke wurde von Jahr zu Jahr kleiner.

Denn vor einem Monat war sie vierzig geworden.

Bettina war unterdessen in jeder Hinsicht die gute Seele der Firma *AquaTop*. Laut Stellenbeschreibung war sie zwar nach wie vor nur als Projektleiterin Wasserqualität eingestellt. Aber im Laufe ihrer neun Jahre bei *AquaTop* war sie immer mehr zur Person geworden, bei der alle Fäden zusammenliefen. Sie leitete nicht nur ihre eigenen Projekte, sondern sorgte, möglichst diskret und ohne sich vorzudrängen, dafür, dass auch alle anderen Projekte der Firma zeitgerecht und qualitativ hochstehend zum Abschluss kamen. Und sie war sich auch nicht zu schade, zwischendurch einmal höchstpersönlich die Post zu verteilen, Kaffee zu kochen und Brötchen zu holen. Ja, Bettinas oberste Priorität war ohne Zweifel das Wohlergehen der Firma.

Joachim, Gründer und nach wie vor Chef der Firma, war mehr als zufrieden mit dieser Entwicklung. Die Firma lief von Jahr zu Jahr besser, die Fluktuation beim Personal war minimal geworden, der Gewinn fiel immer groß genug aus, um sich die neuesten technischen Hilfsmittel anschaffen zu können. Ja, *AquaTop* lief wie am Schnürchen, dachte Joachim zufrieden. Und was dem Ganzen die Krone aufsetzte: Er fühlte sich in Bettina immer noch so verliebt wie am ersten Tag! Jedes Mal, wenn er an sie dachte, machte sein Herz einen Sprung.

Bettinas Büro lag gleich neben der Eingangstür zur Firma, und sie kannte sämtliche Mitarbeitenden am Schritt, wenn sie zur Arbeit kamen. Ja, dies konnte nur Joachim sein! Sie kannte seine Gewohnheiten. Meist kam er kurz vor zwei Uhr aus der Mittagspause zurück. Deshalb war sie vor wenigen Minuten auf der Toilette gewesen und hatte sich frisch geschminkt und gekämmt. Wie immer spürte sie ein Kribbeln im Bauch, wenn sie an ihn dachte. Groß gewachsen, noch schlank wie ein Zwanzigjähriger, mit seinen markanten Gesichtszügen, dem energischen Kinn, den schmalen Lippen, der leicht nach unten gebogenen Nase, den blauen, überraschend sanft blickenden Augen, den immer etwas zu langen, hellbraunen, leicht lockigen Haaren... Ja, er war ihr Traummann!

Sie wartete absichtlich, bis seine Schritte etwas verklungen waren, und trat erst dann in den Flur. So erwischte sie genau den Moment, in dem er den Türgriff seines Büros anfasste.

«Hallo!» hauchte sie.

Joachim drehte sich sofort um, lächelte ihr zu und winkte sie zu sich.

Blitzschnell war sie in seinem Büro und schloss die Tür hinter sich. Sie warf sich ihm an den Hals und küsste ihn auf den Mund. «Liebling, schön, bist du da. Ich habe dich so vermisst, meine Mittagspause war so einsam...»

Aber ihr Kuss wurde nicht erwidert. «Nicht jetzt...» brummte er und löste sich ungeduldig aus ihrer Umarmung. «Ich muss mit dir reden», sagte er, dirigierte sie auf den Besucherstuhl und legte ein Blatt Papier vor sie hin.

Bettinas Augen wurden groß und grösser. «Um Himmels Willen, du wirst bedroht! Meinst du, das sei wirklich ernst gemeint? Das wäre ja... eine Katastrophe! Was machen wir jetzt? Zur Polizei gehen?»

32

Joachim knetete seine Finger. «Ja, verdammt! Irgendwie widerstrebt es mir, die Polizei einzuschalten. Und wenn der Drohbrief nur ein Dummejungenstreich ist? Dann wäre ich blamiert bis auf die Knochen!»

Abwesend betrachtete er Bettinas sorgfältig geschnittene und violett angemalte Fingernägel. Dann hob er seinen Blick zu ihren gekonnt geschminkten, strahlend blauen Augen und zu ihren wunderschön geschwungenen, dunkelrot angemalten Lippen. Ein Verlangen wuchs in ihm, er beugte sich vor und küsste sie sanft. Aber als sie die Arme um ihn schlang, versteifte er sich wieder.

«Sorry, Liebling», meinte er und machte sich frei. «Die Sache geht mir einfach nicht aus dem Kopf. *Die Rache folgt schon sehr bald*, heißt es da. Wenn die Drohung doch echt wäre? Und wenn ich bloß eine Ahnung hätte, von wem sie kommt! Ehrlich gesagt, ich habe Angst.»

Bettina strich ihm sanft über die leicht lockigen Haare. «Und du hast wirklich gar keine Idee, wer dir da drohen könnte? Das kann ich einfach nicht glauben. Es muss eine sehr alte Geschichte sein. *Mir damals Schlimmes angetan*, heißt es da. Denk bitte mal ernsthaft darüber nach. Bestimmt hat sich mein kleiner Egoist als junger Mann nicht nur Freunde geschaffen.»

«Hör auf, Bettina, das ist nicht lustig.» Joachim zog ein Taschentuch hervor und wischte sich den Schweiß von der Stirn. «Logisch gab es da die eine oder andere unschöne Geschichte… Aber das ist alles so lange her! Doch du hast vollkommen recht. Ich muss die Polizei einschalten. Die soll mich gefälligst schützen! Wozu zahle ich schließlich Steuern? Gleich morgen früh melde ich die Sache auf dem Kommissariat.»

Bettina fiel ein kleiner Stein vom Herzen. Doch es hielt nicht lange an. Kaum saß sie wieder in ihrem Büro, kam die Angst zurück.

Franziska Obrist fühlte sich wieder wesentlich ruhiger. Der neue Küchenchef stellte sich besser an, als zuerst befürchtet, die Leute vom Portier-Team waren solidarisch miteinander, und Luis Sanchez, der neue Kellner, machte nach wie vor einen sehr guten Eindruck. Und Carla Costello nahm ihn, wie Franziska befriedigt beobachtete, zwecks Verbesserung seiner Deutschkenntnisse unter ihre Fittiche. Jetzt sollte eigentlich nichts mehr schiefgehen für dieses umsatzstarke Wochenende mit dem Tag der Artenvielfalt!

Franziska verließ ihr Büro und stieg die Treppen hinunter. Auf der Terrasse setzte sie sich allein an einen schattigen Tisch und ließ sich einen kleinen Lunchteller mit einem alkoholfreien Bier servieren. Um halb zwei kamen der Küchenchef und Carla an ihren Tisch, um das Menu und die personellen Einsätze für das Wochenende zu besprechen. Eine Stunde später war schon alles organisiert, und Franziska wechselte auf einen der drei superbequemen Liegestühle, die sie kürzlich angeschafft hatte.

In der wohligen Wärme des Nachmittags nickte sie bald ein, und als sie wieder erwachte, schlug die Kirchturmuhr im Tal unten gerade vier Uhr. Himmel, schon so spät, sagte sie sich, und ich habe noch nicht mal die heutige Post durchgesehen!

Sie erhob sich, überquerte die Terrasse, nahm an der Rezeption den Stapel von Briefen entgegen, setzte sich damit in einen der bequemen Fauteuils in der Eingangshalle und begann, die Umschläge zu öffnen. Rechnungen, nichts als Rechnungen, seufzte sie. Als sie den letzten Umschlag öffnete, entschlüpfte ihr ein kleiner Schrei. Was war das? Ein Blatt Papier, beschrieben mit grünem Filzstift in ungelenken Druckbuchstaben:

Pass auf, Franziska Obrist! Veruntreuung kann tödliche Folgen haben! Vielleicht schon bald!

Franziska setzte der Atem aus. Spinne ich jetzt komplett? Wer kann das geschrieben haben? Und was soll dieser Hinweis auf eine Veruntreuung? *Tödliche Folgen*, steht da, wie schrecklich! Oder erlaubt sich da jemand einen bösen Scherz? Ich muss jetzt allein sein, sagte sie sich, fuhr mit dem Lift in ihre Wohnung im Dachgeschoss hinauf, machte sich einen Kaffee und setzte sich auf ihr schon sehr altes, etwas zerschlissenes Sofa.

Veruntreuung, das war das Stichwort, das ihr nicht aus dem Sinn gehen wollte. Hatte es in ihrem Leben irgendeinmal etwas gegeben, das diese Bezeichnung verdiente?

Plötzlich fuhr es ihr siedend heiß durch den Kopf. Natürlich! Diese alte, unselige Geschichte! Wie hatte ihr dieses Missgeschick nur passieren können? Ja, naiv war sie gewesen, in ihrer ersten Anstellung nach dem Studium. Als frisch diplomierte Juristin hatte sie, voller Hoffnung und Idealismus, diese Stelle angetreten. Heute würde man das Unternehmen NGO nennen, damals war es eine simple, kleine Hilfsorganisation, die hauptsächlich in Lateinamerika tätig war, und die sich ausschließlich aus Spenden finanzierte. Damals, vor gut dreißig Jahren, waren solche Unternehmen technisch nur mangelhaft ausgerüstet, und ein richtiges Controlling existierte nicht. Voller Elan hatte sich Franziska in ihre Aufgabe gestürzt, welche neben dem juristischen Bereich auch die ganze Buchhaltung umfasste. Nach heutigen Maßstäben wäre eine solche Konstellation undenkbar. Und irgendwann passierte es. Eigentlich war es nur ein Missverständnis in der Korrespondenz mit einer Partnerorganisation in Venezuela gewesen, das durch ihre mangelhaften Spanisch-Kenntnisse zustande kam. Als Folge davon hatte sie eine größere Geldsumme an einen dortigen lokalen Mitarbeiter überwiesen. So hätte das aber auf gar keinen Fall laufen dürfen. Die Unternehmensleitung nahm ihr die Geschichte mit dem Missverständnis nicht ab und verklagte sie wegen Veruntreuung von Spendengeldern. Doch sie hatte großes Glück. Ihr Verteidiger vor Gericht, ein junger, begabter Anwalt, konnte einen Freispruch bewirken. Ja, ich habe aus dieser Geschichte gelernt, dachte sie. An allen späteren Arbeitsstellen achtete sie stets peinlich genau auf die Einhaltung aller Regeln, und es kam nirgends mehr zu Schwierigkeiten.

Mit dreiundvierzig Jahren bot sich ihr dann die Chance für einen radikalen Wechsel. Das Hotel Bellavista auf der Alp Schönegg stand zum Verkauf, und als kinderlose Frau mit gutem Einkommen hatte Franziska so viel angespart, dass sie die von der Bank geforderten Eigenmittel aufbringen konnte. Auch die Kredite für die wenigen dringenden Renovationen bekam sie problemlos zugesprochen.

Eine bessere Konstellation konnte es nicht geben, sagte sie sich jetzt. Ihr allein gehörte das Hotel, sie war niemandem Rechenschaft schuldig, musste keine Aktionäre zufriedenstellen, konnte die Mitarbeitenden selber auswählen, durfte über sämtliche Investitionen entscheiden. Dafür trug sie auch die Risiken ganz allein. Und würde im Notfall mit ihrem Privatvermögen haften. Aber sie machte sich keine grundsätzlichen Sorgen. Das Hotel war in einem sehr guten Zustand, und die Buchungen hatten Jahr für Jahr zugenommen. Ja, sagte sie sich, das war definitiv die beste Entscheidung meines Lebens gewesen! Ich habe meinen Traumjob gefunden!

Doch schon wieder brütete sie an diesem anonymen Brief herum. War es nicht unwahrscheinlich, dass diese uralte Geschichte ausgerechnet jetzt wieder hochkam und sie bedrohte? Wer konnte überhaupt noch davon wissen? Und was sollte es für einen Zweck haben, sie zu bedrohen? Das war doch absurd! Plötzlich erstarrte sie. *Vielleicht schon bald*, hieß es im Brief. Panik stieg in ihr auf. Könnte etwa schon das kommende Wochenende gemeint sein? Ein volles Hotel, und die Gefahr eines tödlichen Anschlages auf die Direktorin! Was sollte sie bloß tun? Die komplette Veranstaltung absagen? Mit welcher Begründung? Nein, das war ausgeschlossen. Aber den Kopf in den Sand zu stecken, war auch kein Ausweg. Schwebte sie wirklich in Lebensgefahr, oder sah sie nur Gespenster? Sie straffte sich. Ja, es gab keine andere Lösung, als die Polizei einzuschalten!

Energisch nahm sie ihr Mobiltelefon zur Hand.

Paul Schwitter hatte an der Universität Bern Geologie und Biologie studiert und danach mit einer Arbeit zur Erdbebensicherheit promoviert. Seine Vision, an einer Hochschule weiterforschen zu können, war allerdings ein Wunschtraum geblieben. An mangelndem Fleiß oder zu wenig Talent hatte es nicht gelegen, eher an den charakterlichen Eigenschaften, die ihn im Konkurrenzkampf um die begehrten Forschungsstellen benachteiligten. Mehr und mehr war ihm schmerzlich bewusst geworden, dass er alles andere als ein Kämpfertyp war. Immer fehlte ihm im entscheidenden Moment der Mut, etwas forsch anzupacken, es fehlte ihm das Selbstvertrauen, sich im besten Licht zu präsentieren, und es fehlte ihm der Wille, ein klein wenig die Ellbogen auszufahren. Irgendwann hatte er seine Ambitionen auf eine akademische Karriere begraben und sich bei der Bundesverwaltung beworben. Nach drei Jahren Assistenzdienst war er zum Projektleiter Wasserbau befördert worden, und seit sieben Jahren war er Amtsvorsteher. In fünf Jahren würde er in Pension gehen können. Eigentlich war Paul Schwitter mit seinem Leben sehr zufrieden. Nicht zuletzt deshalb, weil er mit Barbara Manzoni eine Partnerin gefunden hatte, wie er sich im Traum keine bessere hätte vorstellen können.

Bevor er Barbara kennenlernte, hatte er zeit seines Lebens unter dem Gefühl gelitten, er sei unfähig, einen echten und tiefen Zugang zu Frauen zu finden. Jede seiner früheren Beziehungen war mehr oder weniger nach demselben Drehbuch abgelaufen und hatte spätestens nach einem Jahr in einem Fiasko geendet. Zu Beginn war er jeweils überwältigend verliebt gewesen, hatte sich die Zukunft in den schönsten Farben ausgemalt und der angebeteten Frau jeden Wunsch erfüllt. Mit dem Ziel, ihr zu gefallen, ihr nahe zu sein, ihre uneingeschränkte Gunst zu erobern. Aber jedes Mal hatte sich nach wenigen Monaten ein Teufelchen bemerkbar gemacht. Sieh mal, diese Frau hat dich nicht wirklich lieb, flüsterte ihm das Teufelchen ein. Es geht ihr nicht um dich als Mensch, flüsterte es weiter. Nein, sie will dich nur nach ihren

Wünschen umformen, erziehen, gefügig machen, dir deinen freien Willen nehmen. Und bald kam er zur Erkenntnis, das Teufelchen hat doch absolut recht! Diese Frau ist ja gar nicht so, wie ich es mir immer erträumt habe! Was nützt es, ihr jeden Wunsch von den Lippen abzulesen, wenn sie mir dann Vorhaltungen macht und mir resolut erklärt, was ihre Vorstellungen einer Partnerschaft seien? Und wenn ich sie dann küsse und ihr sage, wie sehr ich sie liebe? Worauf sie widerwillig zugibt, ich sei ja nicht der allerschlechteste Liebhaber, den sie bisher gehabt habe, aber irgendwie sei doch langsam die Luft draußen, und es werde langweilig mit mir. Nein, von solchen destruktiven Beziehungen hatte Paul reichlich die Nase voll bekommen, und während rund zehn Jahren hatte er als mehr oder weniger zufriedener Single gelebt.

Bis er dann, vor sieben Jahren, zum Amtsvorsteher befördert wurde und damit Barbara Manzoni als Chefsekretärin übernahm. Und sein Leben in eine entscheidende Wende geriet. Barbara und er verstanden sich von der ersten Minute an blendend. Es war wie ein Wunder. Sie hatten nicht dasselbe Temperament und trotzdem irgendwie genau dieselbe Wellenlänge. Sechs Wochen nach seinem Amtsantritt betrachteten sie sich als festes Paar. Die Entscheidung, dass jeder seine eigene Wohnung behalten solle, war genau richtig gewesen. So war das Zusammensein immer ein gewünschtes, und genauso das Getrenntsein.

In der Regel hatte Paul einen gesegneten Schlaf. Aber heute nicht. Seit mehr als zwei Stunden wälzte er sich von der einen auf die andere Seite und versuchte immer wieder, Schafe zu zählen. Aber es half nichts, der Schlaf wollte nicht kommen. Zu stark beschäftigten ihn die Gedanken rund um diesen Drohbrief. Wenigstens, dachte er, ist Barbara heute nicht bei mir und kann in ihrer eigenen Wohnung durchschlafen. Er aber blieb wach und konnte von der Grübelei nicht lassen. Korruption, hatte es in diesem anonymen Brief geheißen. Was konnte damit gemeint sein? Paul legte sich auf den Rücken, starrte an die Zimmerdecke und versuchte, sich die Fakten in Erinnerung zu rufen. Seit siebenundzwanzig Jahren arbeitete er beim Bundesamt für Naturgefahren. Bei allen Kollegen und Kolleginnen war er, wie er gelegentlich aufgeschnappt hatte, bekannt, ja beinahe berüchtigt, für sein seriöses Schaffen. Ja, seit siebenundzwanzig Jahren hatte er seine Aufgabe stets nach bestem Wissen und Gewissen erfüllt! Korruption, das war doch für ihn ein absolutes Fremdwort! Aber irgendwer musste schließlich diesen Brief geschrieben haben! Warum bloß?

Plötzlich fuhr es Paul heiß durch den Kopf. Könnte das...? Ruckartig setzte er sich im Bett auf. War etwa diese unselige Geschichte mit *AquaTop* gemeint? Den Chef dieser Firma hatte er jedenfalls schon von der Studentenverbindung *Bernensia* her gekannt. Aber wie hieß er schon wieder? Plötzlich war die Erinnerung da: Joachim Seidler! Ein ziemlich arroganter Typ war das gewesen, das hatte er schon während des Studiums, bei den Zusammenkünften der *Bernensia*, gemerkt. Entsprechend hatte er auch keinen näheren Kontakt zu ihm gesucht. Aber vor etwa fünfzehn Jahren hatte dieser Joachim bei ihm im Amt vorgesprochen. Weswegen genau? Nach und nach fügten sich Pauls Erinnerungsfetzen zu einem Ganzen zusammen. Es war damals um einen außergewöhnlich großen Auftrag gegangen, den der Bund ausgeschrieben hatte. Es handelte sich um die Erhöhung einer Staumauer irgendwo in den Berner Alpen. Die ökologischen Auswirkungen dieses Eingriffs mussten, wie vom Gesetz vorgeschrieben, in einer Umweltverträglichkeitsprüfung UVP abgeschätzt und dokumentiert werden. Die Auftragssumme ging bei solch einem Großprojekt leicht in die Millionen. Entsprechend wurde unter den konkurrierenden Anbietern – es waren vor allem private Öko-Büros – heftig gekämpft. Erst kurz vor Eingabeschluss war dieser Seidler im Amt erschienen und hatte ihm in einem überzeugenden Auftritt sein Angebot präsentiert.

Paul begann heftig zu schwitzen. Hatte er damals die eisernen Regeln des Bundesamtes nicht eingehalten? Hatte er sich von den vollmundigen Versprechungen dieses Seidler einlullen lassen? Hatte er dessen inoffizielles Angebot, die Auftragsvergabe mit einem kleinen *Bonus* zu honorieren, zu wenig kategorisch zurückgewiesen? Hatte er nicht das kleine Geschenk von Seidler einfach so im Büro stehen lassen? War er dadurch befangen gewesen? Er musste sich eingestehen, dass er dieses eine Mal tatsächlich ein klein wenig korrupt gewesen war!

ER hielt es nicht mehr aus im Bett. Er erhob sich, streifte sich einen Morgenmantel über, stapfte in die Küche und machte sich einen starken Kaffee. Heute Nacht würde er so oder so nicht mehr schlafen können. Diese Geschichte um Joachim Seidler kreiste ohne Unterlass in seinem Kopf herum. Plötzlich fragte er sich: Wer konnte überhaupt von dieser Sache wissen? Und wer könnte ein Interesse daran haben, sich zu rächen? Joachim selber? Das wäre absurd! Und warum erst jetzt? Nein, es musste irgendjemand von dieser alten Geschichte Wind bekommen haben und wollte ihn jetzt erpressen. Ja, so könnte es sein. Er würde sich das Schweigen mit Geld erkaufen müssen. Einen kurzen Moment lang fühlte er sich beinahe erleichtert. Wenn es doch nur um Geld ginge! Aber nein! Er fing an zu zittern. *Kann tödlich sein*, hieß es da. Das war keine Erpressung, das war eine Morddrohung! Er grübelte und grübelte. Sollte er doch besser zur Polizei gehen? Es war furchtbar. So sehr er auch hin und her überlegte, er konnte sich zu nichts entschließen.

Donnerstag, 26. Juni

Franziska Obrist hatte sich telefonisch bei der Polizei gemeldet und gleich einen Besprechungstermin für den folgenden Vormittag erhalten. Sie nahm die erste Luftseilbahn ins Tal, stieg dann in ihren blau metallisierten BMW um und traf kurz vor neun Uhr im Kommissariat ein.

Jetzt saß sie mit klopfendem Herzen im Wartezimmer. Nach wenigen Minuten wurde sie von einer jungen Polizistin abgeholt und durch einen langen Flur geführt. Erst an der hintersten Tür klopfte die Polizistin an, öffnete sogleich und forderte Franziska zum Eintreten auf. Diese aber blieb wie angewurzelt im Türrahmen stehen.

«Andreas? Was für eine Überraschung!», stieß sie aus. «Du empfängst mich höchstpersönlich!»

Andreas Wagner, Chef der Kriminalpolizei, grinste über das ganze Gesicht. «Aber ja! Ich lasse doch meine langjährige Bekannte nicht von einem subalternen Kollegen beraten. Nein, so etwas ist Chefsache! Er hatte sich erhoben. «Darf ich?» fragte er höflich und breitete seine Arme aus.

Franziska nickte und erwiderte die Umarmung.

Andreas deutete auf die Besucherstühle. «Aber nimm doch bitte hier Platz. »

«Ich weiß die Ehre zu schätzen», erwiderte Franziska und ließ sich nieder.

«Wie lange kennen wir uns jetzt schon?», fuhr Andreas fort. «Lass mich nachrechnen. Ja, es müssen siebenunddreißig Jahre sein, unglaublich! Und wann haben wir uns das letzte Mal gesehen? Das dürfte mehr als fünfzehn Jahre her sein.»

Franziska nickte. «Ja, siebenunddreißig Jahre sind es her, dass du uns naiven Erstsemestrigen im Gruppenunterricht die juristischen Grundprinzipien erklärt hast.»

Andreas lachte geradeheraus. «Das waren noch Zeiten! Weißt du, ich hatte damals eben erst mein juristisches Vordiplom

41

bestanden. Und zu meiner großen Überraschung bot mir mein Professor eine Stelle als Hilfsassistent an. Was für ein Vertrauensbeweis, dass ich selbstständig die Übungen für die Erstsemestrigen leiten durfte! Aber genau so stark reizte mich das Salär, auch wenn es sehr bescheiden war. Schließlich vermochten meine Eltern die Kosten eines Studiums nicht aufzubringen, und das Stipendium, das ich bekam, fiel mehr als mager aus.»

«Ich war damals beeindruckt von dir, das muss ich zugeben», bemerkte Franziska, «du hast uns Nesthäkchen die Materie kompetent und verständlich nahegebracht.»

«Das von dir zu hören, freut mich wirklich! Dass du dies nach so langer Zeit nicht vergessen hast! Und wohin hat dich das Leben inzwischen geführt?»

Franziska strich sich durch die halblangen, blond gefärbten Haare und rückte ihre modisch große Brille zurecht. «Du wirst es kaum glauben, aber das Leben hat mich, nach zahlreichen Umwegen, zur Hoteldirektorin gemacht. Ja, seit vierzehn Jahren leite ich das Hotel Bellavista auf der Alp Schönegg. Eine nicht einfache, aber beglückende Aufgabe, die ich hoffentlich bis zu meiner Pensionierung weiterführen darf.»

«Ha! Pensionierung! Denkst du auch schon so weit!» Andreas deutete auf seine von einem grauen Haarkranz eingefasste Glatze. «Tatsächlich, wir werden nicht jünger. Aber ich jedenfalls will jetzt noch nicht ans Nachher denken.»

«Darf ich ebenfalls fragen, auf welchem Umweg du, als Jurist, zur Kriminalpolizei gekommen bist?»

Andreas schloss entspannt die Augen. «Ja, das waren wirklich Umwege. Nach dem Studium habe ich einige Jahre als Mitarbeiter beim renommierten Anwaltsbüro *Burger und Meili* gearbeitet und trat bei vielen Strafprozessen als Verteidiger auf. Davon hast du ja auch ein kleines Bisschen mitbekommen. Aber irgendwann wurde mir die Juristerei zu trocken und zu stur, und ich hielt Ausschau. Ein paar Jahre war ich Vorsteher des städtischen Sozialamtes, und danach habe ich mich bei der Kriminalpolizei

42

beworben. Ich bin zufrieden mit dem Job hier. Strenge und unregelmäßige Arbeitszeiten gehören dazu, aber ich habe ja als Single keine familiären Verpflichtungen. Und punkto Abwechslung kann es wohl kein Job mit der Kripo aufnehmen.»

Franziskas Miene wurde ernst. «Andreas, ich bin nicht nur hier, um über alte Zeiten zu plaudern.»

«Wie man mir berichtet hat, geht es um einen anonymen Drohbrief?»

Franziska nahm das Blatt Papier aus ihrer Handtasche und legte es auf den Tisch.

Andreas warf einen kurzen Blick darauf. «*Du* wirst bedroht, ausgerechnet du? Veruntreuung, heißt es da», sagte er kopfschüttelnd, «kannst du damit etwas anfangen?»

«Was soll das?», gab Franziska wütend zurück. «Du weißt doch ebenso gut Bescheid wie ich!»

«Oh, das meinst du also?» Andreas blickte sie durchdringend an. «Diese uralte Geschichte? Das müsste ja bald dreißig Jahre her sein! Diese Anklage auf Veruntreuung. Ja, du hast damals wirklich etwas vermasselt. Aber es geschah doch nicht mit Absicht! Einzig deine Unerfahrenheit war schuld an diesem Fehler. Und schlussendlich konnte ich dich aus dem Sumpf herausziehen. Das war für mich als jungen Anwalt und Strafverteidiger eine wichtige Erfahrung. Aber wer sollte dich denn jetzt wegen dieser uralten Sache bedrohen? Das ist doch absurd!»

Franziskas Miene war steinern geworden. «Ja, für mich klingt es genauso absurd. Trotzdem: Was auch immer damit zusammenhängt, ich muss diesen Drohbrief ernst nehmen! Verstehst du? Vielleicht schon bald, heißt es da. Ich werde mit dem Tod bedroht! Unternimm etwas, ich bitte dich!»

Andreas fuhr sich nervös durch die Haare. «Ich verstehe vollkommen, dass du dir Sorgen machst. Aber solange wir nicht die geringste Ahnung haben, wer dahintersteckt, wie sollen wir dich da schützen? Du leitest ein Hotel und kannst dich doch nicht irgendwo verkriechen.»

«Was soll ich denn machen?"', sagte Franziska, jetzt schluchzend. «Ich habe solche Angst! Und dann?»

«Ja, was dann?»

«Weißt du, am kommenden Wochenende haben wir Hochbetrieb im Hotel. Alles ausgebucht für den sogenannten Tag der Artenvielfalt. Stell dir vor, wenn ausgerechnet dann ein Anschlag auf mich passierte! Was meinst du: Müsste die ganze Veranstaltung nicht einfach abgesagt werden?»

«Lass uns mal gut überlegen», versuchte Andreas zu beruhigen. «Die gesamte Veranstaltung absagen? Mit welcher Begründung gegen außen?»

Er blickte, in Gedanken versunken, zur Decke. «Ich denke, dies wäre nicht zielführend. Jedenfalls solange wir keine Ahnung haben, wer den Drohbrief verfasst hat und warum. Ich sehe keinen direkten Hinweis auf diese Veranstaltung. Wenn wir das Ganze absagen, würde der Täter wohl einfach irgendwo anders zuschlagen.»

Franziska wurde von einem erneuten Schluchzer geschüttelt. «Bitte, unternimm etwas, Andreas!»

«Wir werden tun, was in unserer Macht steht, es wird garantiert nichts passieren», versuchte Andreas zu beruhigen.

«Garantiert…», echote Franziska, «so eine Aussage kann ich dir nicht abnehmen. Aber ich bin dankbar für jede Hilfe.»

«Gut. Und ich bin mir bewusst, dass die Zeit knapp ist. Wir werden alles Mögliche vorkehren, um die Sicherheit zu gewährleisten. Wir haben bereits Donnerstag. Ich werde gleich anschließend ein Krisenteam zusammenstellen. Meine Leute werden heute gegen Abend bei dir im Hotel eintreffen und das Sicherheitsdispositiv im Detail festlegen. Ich selber werde am Wochenende auch zeitweise vor Ort sein. Du kannst dich also zurücklehnen.»

Franziska atmete ein wenig auf. «Danke für alles, Andreas. Wenn das nur gut geht!» Sie machte Anstalten aufzustehen, hielt aber plötzlich inne. «Aber… Es stellt sich noch die Frage, ob wir die Hotelgäste über die Sachlage und den Polizeieinsatz informieren sollen oder nicht.»

«Ehm... Ich denke, wir sollten besser Stillschweigen bewahren. Die gesamte Gesellschaft in Panik zu versetzen, bringt nichts. Die Polizeikräfte werden wie ganz normale Hotelgäste auftreten, und wenn jemand danach fragt, das auch so kommunizieren. Das Personal muss entsprechend informiert und zum Stillschweigen verpflichtet werden.»

Trotz einem schlechten Gefühl gab sich Franziska schließlich mit Andreas' Zusicherungen zufrieden. In Gedanken versunken trat sie aus dem Gebäude der Kriminalpolizei, stieg die kurze Treppe hinunter und überquerte den von der Morgensonne beschienenen kleinen Platz. Sie wollte so schnell wie möglich zu ihrem Hotel zurückfahren. Aber unvermittelt blieb sie stehen. Wer war denn das? Ein sportlich-leger gekleideter schlanker Mann, etwa in ihrem Alter, ging mit schnellen Schritten in Richtung des Polizeigebäudes. Den kannte sie doch!

Franziska blieb eine Weile verwundert stehen. Plötzlich fiel es ihr ein: Da war ja Joachim Seidler, der soeben das Kommissariat betreten hatte! Was wollte denn *der* hier?

Andreas Wagner überlegte lange hin und her, wer für diese heikle Aufgabe am geeignetsten sein könnte. Schließlich entschied er sich für Emma Kuonen. Die temperamentvolle Walliserin war vor sechs Jahren zu seinem Team gestoßen und hatte sich schon in zahlreichen Fällen als fähige Kriminalkommissarin erwiesen. Zudem brachte sie mit ihrem typischen Walliser Dialekt und ihrem urigen Humor eine frische Note in die Truppe. Ja, Emma musste es sein! Er schickte ihr eine elektronische Einladung auf elf Uhr.

Kurz darauf klingelte sein Telefon. Es war die interne Leitung seines Sekretariats.

«Ja, was ist, Sophie? ... Vom Bundesamt für Naturgefahren? Paul Schwitter? Sagt mir nichts. Also gut, stell ihn durch. ... Ach so! Bist du's tatsächlich, Paul, was für eine Überraschung! Wir haben uns ja ewig nicht mehr gesehen! Wohl zum letzten Mal als Studenten bei der *Bernensia*! Du als Geologe und ich als Jurist. Aber ganz egal, was man studiert und wohin es einen später verschlägt, die Bande aus der Studentenverbindung halten ein Leben lang, nicht wahr? Und was führt dich zu mir? … Nein! Das darf ja nicht wahr sein! Ja, lies ihn mir vor … Kannst du mir eine Kopie mailen? … Das erkläre ich dir später. Ich kümmere mich sofort darum. Und ich melde mich bei dir, sobald ich Neuigkeiten habe. Mach's gut, und Ciao.»

Eine Minute später hielt Andreas die Kopie des an Paul Schwitter gerichteten Drohbriefes in der Hand. Es gab keinen Zweifel: Der Absender war derselbe wie bei den Briefen, die Franziska Obrist und Joachim Seidler bekommen hatten! Und alle drei Betroffenen würden am Wochenende im selben Hotel sein. Das konnte doch unmöglich bloßer Zufall sein! Es musste irgendeine Verbindung zwischen diesen drei Personen geben!

Emma Kuonen kam wie üblich fünf Minuten zu früh. Doch Andreas ließ sie, sei es aus Gewohnheit oder aus Prinzip, noch eine geraume Zeit auf der Türschwelle warten, bevor er sie mit Handzeichen aufforderte, am Besprechungstisch Platz zu nehmen.

«Also, Emma», begann er sofort, «leider sind wir gezwungen, unsere bisherige Wochenplanung über den Haufen zu werfen. Wir stehen nämlich vor einer sehr ungewöhnlichen Situation. Drei Personen haben am selben Tag einen anonymen Drohbrief erhalten. Mit Sicherheit vom selben Absender, wie du hier sofort siehst.»

Er legte Kopien der Briefe auf den Tisch. «Der eine Brief ging an Joachim Seidler, Biologe und Unternehmer, der zweite an Franziska Obrist, Direktorin des Hotels Bellavista auf der Alp Schönegg, der dritte an Paul Schwitter, Vorsteher beim Bundesamt für Naturgefahren. In allen Briefen steht, dass sehr bald etwas Schlimmes passieren könnte. Ein kausaler Zusammenhang

46

zwischen den Briefen ist auch deshalb wahrscheinlich, weil sich sowohl Seidler als auch Schwitter am Wochenende wegen einer wissenschaftlichen Veranstaltung in diesem Hotel Bellavista aufhalten werden. Alle drei Bedrohten am selben Ort, ich denke, das kann kein Zufall sein!»

«Oh lala! Das klingt aber brisant!», rief Emma aus. Ihr Begeisterungsfunke hatte schon gezündet!

Andreas nickte. «Ja, brisant ist es, und zudem eilt es sehr. Allerdings wissen wir nicht, ob die Drohungen irgendetwas mit dieser Veranstaltung zu tun haben. Ich selber glaube, eher nicht. Die Hoteldirektorin hat mich gefragt, ob man nicht die gesamte Veranstaltung absagen müsste. Aber ich denke, dies würde die Lage noch schwieriger machen. Wir haben Drohungen gegen drei Personen, wissen sonst aber kaum etwas. Ist das Ganze ein makabrer Scherz, oder sind die drei wirklich gefährdet? Gibt es einen Zusammenhang zwischen den Bedrohungen? Das ist, wie gesagt, anzunehmen, aber wann und wo und auf welche Weise würde eine allfällige Tat erfolgen? Wenn wir die Veranstaltung absagen, müssten wir irgendwie alle drei Bedrohten unter Polizeischutz stellen. Eine sicher unverhältnismäßige Maßnahme. Deshalb finde ich es immer noch besser, uns auf die Sicherheit bei dieser wissenschaftlichen Veranstaltung zu konzentrieren. Was meinst du, Emma?»

Emma ordnete mit den Fingern ihre schulterlangen schwarzen Haare. «Wir haben hier tatsächlich eine verflixte Situation. Was wir auch unternehmen, wir können unmöglich garantieren, dass nichts passiert. Ein Anschlag könnte fast überall und jederzeit erfolgen.»

«Das ist leider wahr. Trotzdem sind wir verpflichtet, alle erdenklichen Sicherheitsmaßnahmen zu ergreifen. Ich schlage vor, dass du noch heute mit zwei deiner besten Leute auf diese Alp hochfährst und zusammen mit der Hoteldirektorin ein Sicherheitsdispositiv erstellst. Vorgängig kannst du dich ja im Netz über das Hotel informieren. Ab Samstag früh muss dann alles funktionieren.»

«Verstanden, Chef.»

Mit einer kleinen Wut im Bauch verließ Emma das Chefbüro. Warum musste Andreas immer so barsch und kurz angebunden sein? Als würde ihm jedes freundliche Wort weh tun! Ja, sagte sie sich, ich liebe meinen Job bei der Kripo! Und ja, ich habe eine phantastische Truppe unter mir! Einzig zwischen dem Chef und mir klemmt es! Nur bei ihm habe ich das Gefühl, ich müsse aufs Maul sitzen, nur Ja und Amen sagen. Verdammt, warum? Ist das etwa meine Schuld? Ach was, lass das Grübeln, Emma! Mach einfach einen guten Job!

Sie checkte in ihrem Büro kurz die Mails, dann ging sie in den benachbarten Raum, wo ihre Truppe, wie sie ihre fünf Mitarbeitenden wohlwollend nannte, ihre Büroarbeitsplätze hatte. Was für ein Zufall, sagte sie sich. Genau die zwei Leute, die ich mitnehmen wollte, sind zurzeit im Büro anwesend!

«Fiona und Massimo?»

Die beiden wandten sich simultan zu ihr um.

«Ihr beiden Hübschen: es geht los! Wir haben einen brisanten Auftrag gefasst!»

«Aha! Und wohin?», fragte Fiona Albrecht. Die achtundzwanzigjährige Polizistin war vor drei Jahren, direkt nach Abschluss der Polizeischule, zur Truppe gestoßen und hatte sich, zu Emmas Freude, als ehrgeizige, engagierte und lernwillige Mitarbeiterin erwiesen. Deshalb nahm Emma jede Gelegenheit wahr, Fiona beruflich herauszufordern und zu fördern.

«Ab in die Berge», verkündete Emma schmunzelnd.

«Brauchen wir Rucksack, Seil und Pickel?», spöttelte Massimo Albano. Der zweiundvierzigjährige Familienvater galt als ruhender Pol in der Truppe. Er arbeitete exakt und konzentriert, ließ es aber bei Ermittlungen manchmal an Phantasie fehlen, und das Zusammensein mit seiner Familie hatte für ihn stets erste Priorität, was im Job durchaus konfliktträchtig sein konnte.

48

«Rucksack oder Koffer, wie ihr wollt», antwortete Emma, «wir bleiben bis Sonntag auf der Alp.»

«Das heißt... Volle drei Nächte?», fragte Massimo. Er klang überhaupt nicht begeistert.

Emma zuckte die Schultern. «Ich kann es leider nicht ändern. Du wirst deine Familie am Wochenende kaum sehen können. Wir haben drei Briefe mit Morddrohungen, da müssen wir kurzfristig umdisponieren. Du wirst irgendwann später frei nehmen können.»

«Geht in Ordnung», erwiderte Massimo.

Emma wusste wohl, dass es für ihn überhaupt nicht in Ordnung ging. Seine Familie war ihm so wichtig, wie es in seinem Beruf eigentlich nicht sein dürfte. Aber jetzt gab es keine Wahl, der Einsatz hatte höchste Priorität.

«Also, Leute», sagte Emma bestimmt. «Fahrt nach Hause und packt das Nötigste ein. Wir treffen uns punkt fünf Uhr auf dem Parkplatz.»

Joachim Seidler war nach seinem Vorsprechen bei der Polizei nicht mehr in seine Firma zurückgekehrt und hatte stattdessen den Fußweg in Richtung Stadtwald eingeschlagen. Er verspürte das Bedürfnis nach Ruhe, nach Zeit zum ungestörten Nachdenken. Das schnelle Gehen brachte ihn etwas außer Atem, sein Hemd war feucht und klebte am Rücken. Nach einer halben Stunde erreichte er den Waldrand, setzte sich auf eine im lichten Schatten stehende Holzbank und atmete tief durch.

Was war eigentlich passiert? Er hatte sich doch so auf diesen Tag der Artenvielfalt gefreut! Auf die Zeit der Abwechslung in den Bergen, auf die Begegnung mit alten Kollegen aus der Wissenschaft, auf spannende Entdeckungen von allerlei Tierchen in den Bächen und Tümpeln der Alp, nicht zuletzt auch auf seine Wahl zum Präsidenten des Vereins. Ja, sagte er sich, ich stehe gerne vorne auf der Bühne, führe das Wort, gebe den Takt an und ziehe den Karren. Und jetzt? Ist alles kaputt? Logisch wird die Polizei, wie es so schön heißt, alles tun, um die Sicherheit der Veranstaltung zu gewährleisten. Aber was bedeutet das schon? Einen Anschlag kann man doch nie mit Sicherheit verhindern! Hast du Angst?, fragte er sich. Ganz ehrlich! Ja, ich habe verdammt nochmal Angst! Nicht nur wegen dieses Drohbriefes, nein, meine Angst sitzt tiefer. Wird jetzt, nach und nach, mein ganzes Leben den Bach runter gehen?

Es hatte doch so schön begonnen. Die aufregende Studentenzeit mit ihrem Wechsel von harter Arbeit und berauschenden Vergnügungen. Partys, Frauen, Ausfahrten im Kabriolett... Mein glanzvoller Studienabschluss, danach die lehrreiche Zeit beim Großkonzern Sandoz, bald schon die Gründung meiner Firma, die fruchtbare Zusammenarbeit mit Peter Rychner, das stetige Wachstum des Unternehmens, die sagenhaften Gewinnsteigerungen, die im Zweijahresrhythmus wechselnden Freundinnen, dann die Heirat mit Martina, die Freude an den beiden Söhnen, nach dem Tod der Schwiegereltern der Umzug in die Villa im Park... Ja, von weitem gesehen klingt es wie eine Märchenkarriere... Natürlich hat es schwierige Zeiten gegeben, und ich habe viele unangenehme Kämpfe ausfechten müssen, und sicher habe ich manche unkluge Entscheide gefällt.

Aber jetzt? Diese Schande mit Martina! Dabei habe ich sie so geliebt, und liebe sie immer noch! Und jetzt zieht sie mit dieser... dieser... Lesbe umher! Sag mir, Martina, was habe ich falsch gemacht? Habe ich mich zu intensiv um die Firma gekümmert? Dich sonst wie vernachlässigt? Ja, ich höre dich schon sagen, ich solle mich nicht beklagen, ich hätte ja jetzt Bettina.

Ach Bettina! Müsste ich nicht restlos glücklich sein mit dir? Einer so attraktiven und liebevollen Frau, gleichzeitig einer wahren Perle für unsere Firma? Aber *bin* ich restlos glücklich? Wenn ich nur wüsste, was dazu fehlt! Oder kann es gar kein wirklich dauerhaftes Glück geben? Sicher hast du jedes Recht, dir ein Kind zu wünschen, Bettina. Aber ausgerechnet von mir, der ich nächste Woche sechzig werde?

50

Plötzlich sah Joachim wieder diesen Drohbrief vor sich: *Was hast du mir damals Schlimmes angetan?* Wer konnte das geschrieben haben? Er schloss seine Augen. Wie ein Film floss sein Leben an ihm vorüber. Ja, es hatte viele Stationen gegeben, in denen er, im Rückblick gesehen, bestimmt anders gehandelt hätte, moralisch gesehen anders hätte handeln *müssen*. Aber er war nun mal ein Macher gewesen, hatte immer sich und anderen etwas beweisen müssen. Doch jetzt ging es um die entscheidende Frage: Welchen Menschen hatte er wirklich Schlimmes angetan? Es musste etwas Existenzielles gewesen sein, sonst würde nicht, Jahrzehnte später, so eine Drohung eingehen! Hatte es doch mit Elena zu tun? Mit dieser unsäglichen Geschichte, in der er eine ganz schlechte Figur abgegeben hatte? Oder aber mit Angelika, mit dieser Zeit des Liebesglücks, das so abrupt enden musste? Oder am Ende doch mit Peter, den er tatsächlich ungerecht behandelt hatte?

Emma, Fiona und Massimo fuhren im Streifenwagen in Richtung Thun, dann dem Thunersee entlang bis nach Interlaken und weiter, dem Nordufer des Brienzersees folgend, bis zur Talstation der Luftseilbahn. Die Sonne schien, die Luft war klar, und nur um die höchsten Berggipfel herum hatten sich einige kleine Quellwolken versammelt. Es herrschte perfektes Ausflugswetter. Trotzdem war die Stimmung im Streifenwagen gedämpft, es wurde kaum gesprochen während der Fahrt. Niemand von ihnen kannte die Alp Schönegg, niemand wusste, was für heikle Aufgaben sie dort oben erwarten würden. Die Sicherheit gewährleisten, das sagte sich so leicht. Aber es war in dieser Situation eine fast unlösbare Aufgabe! Emma hatte nach der Mittagspause noch die Direktorin angerufen und erfahren, dass nur die Eingangshalle des Hotels mit Überwachungskameras bestückt war. Deshalb hatten sie eine ganze Kiste voller kleiner Kameras eingepackt. Weil ja eine konkrete Bedrohungslage herrschte, stellte der Datenschutz in diesem Fall kein Problem dar.

Der Angestellte der kleinen Luftseilbahn, welche die beinahe tausend Höhenmeter zur Alp Schönegg überwand, staunte ob dem ungewohnten Gepäck seiner Gäste, verkniff sich aber eine Bemerkung. Die Fahrt mit dieser Bahn war heute einfach atemberaubend, und die drei Passagiere konnten sich kaum sattsehen an den wechselnden Perspektiven, die sich dem Auge darboten. Da war der spektakuläre Blick hinunter zum grünschimmernden Brienzersee, an dessen steile Ufer sich kleine und größere, von Wiesen und Obstbäumen umgebene Dörfer klammerten. Hob man den Blick, erschienen nach und nach sattgrüne Alpweiden, schroffe Felswände und tosende Wasserfälle. Schließlich wurden immer mehr von den schneebedeckten Gipfeln sichtbar.

«Wow! Diese vielen spektakulären Berge», staunte Fiona, «nur leider kenne ich kaum einen davon mit Namen. Ich sollte mich schämen, als Bernerin nicht mal die Oberländer Berge zu kennen. Klar, Eiger, Mönch und Jungfrau, das klassische Dreigestirn, sind mir vertraut. Aber mir scheint, dass man sie von hier aus gar nicht sieht?»

«Leider nur ganz knapp», antwortete Massimo sofort. «Schaut mal gegen Süden, quer über den Brienzersee. Dort erhebt sich das Faulhorn, dieser unscheinbare pyramidenförmige Gipfel. Seht ihr ihn?» Massimo zeigte mit einem ausgestreckten Arm die Richtung an.

«Ja, dort», bestätigten Fiona und Emma simultan.

«Also», fuhr Massimo fort, «links hinter dem Faulhorn ragt der Gipfel des Eigers ein kleines Stück hervor, und rechts des Faulhorns erkennt man die obersten Partien von Mönch und Jungfrau. Links vom Eiger ragt das Schreckhorn in die Höhe, ein weiterer Viertausender-Gipfel.»

«Du kennst dich ja bestens aus», lobte Emma.

«Wir fahren eben oft ins Oberland zum Wandern. Meine Frau ist in Interlaken aufgewachsen, und sie würde am liebsten jeden freien Tag in den Bergen verbringen. Erstaunlicherweise hat sie sogar unsere beiden Töchter mit der Wanderlust angesteckt.»

Massimo streckte wieder seinen Arm aus. «Blickt mal in diese Richtung. Weiter gegen Westen sind die Voralpengipfel weniger hoch, so dass der Blick auf die Schneeberge besser ist. Seht ihr jene bräunliche Pyramide mit den Schneeresten und dem Gebäude auf dem Gipfel? Das ist das Schilthorn oberhalb Mürren, knapp 3000 Meter hoch. Seit 1967 fährt eine Luftseilbahn auf diesen Gipfel mit der phänomenalen Aussicht. Weltberühmt wurde der Berg um 1970 durch die Dreharbeiten für den James Bond-Film *Im Geheimdienst Ihrer Majestät*. Und knapp rechts vom Schilthorn erhebt sich das vergletscherte Massiv der Blüemlisalp, und links davon das Gspaltenhorn. Dessen Name lässt sich leicht erklären. Der Gipfel sieht wie gespalten aus, so als hätte ein Riese mit einem Beil eine mächtige Kerbe hineingehauen.»

«Was du alles weißt», staunte Fiona und klopfte Massimo anerkennend auf die Schulter.

Jetzt erreichte die Bahn die Bergstation, und die drei stiegen aus. Die Luft war angenehm frisch, merklich kühler als im Tal unten, und es ging ein schwacher Südwestwind. Auf dem Vorplatz kam eine blonde Mittfünfzigerin auf sie zu.

Emma streckte ihr die Hand entgegen. «Darf ich mich vorstellen: Emma Kuonen von der Kriminalpolizei. Und das sind Fiona Albrecht und Massimo Albano.»

«Seien Sie willkommen auf der Schönegg! Ich bin Franziska Obrist, Direktorin des Hotels. Und vielen, vielen Dank, dass Sie so schnell gekommen sind. Es beruhigt mich ein klein wenig, dass wir hier übers Wochenende mit einer Polizeipräsenz rechnen können. Kommen Sie doch gleich in mein Büro. Dann können wir die notwendigen Maßnahmen besprechen.»

Die Direktorin ging einige Schritte voraus, blieb aber in der Empfangshalle plötzlich stehen. «Nein, das macht jetzt keinen Sinn. Es ist ja schon achtzehn Uhr vorbei. Zuerst müssen Sie ein anständiges Abendessen bekommen.» Sie wandte sich in Richtung Speisesaal. «Nehmen Sie Platz, und wählen Sie aus unserer

Speisekarte aus, was immer Sie möchten. Es geht aufs Haus, inklusive der Getränke nach Ihrer Wahl.»

Zwei Stunden später traf man sich im Direktionsbüro zur Lagebesprechung. Emma schlug mehrere Sicherheitsmaßnahmen vor. Die zusätzlichen Überwachungskameras würden so platziert werden, dass der gesamte Hotelbereich abgedeckt war. Die drei Polizeiangehörigen würden laufend durch das Gelände patrouillieren, um jede verdächtige Bewegung zu erfassen. Zudem würden sie morgen das ganze Areal minutiös durchsuchen, um allfällige Vorbereitungen zu einem Anschlag zu entdecken. Franziska stimmte jeder Maßnahme sofort dankbar zu, und gegen zehn Uhr zogen sich alle in ihre Zimmer zurück.

Freitag, 27. Juni

Andreas Wagner hatte gerade beschlossen, sich einen Kaffee zu holen, als seine Sekretärin erschien.

«Hier, Andreas! Deine Morgenpost!» Sophie hielt ihm einen ganzen Stapel von Briefen hin.

«Danke, Sophie», murmelte er zerstreut, legte die Briefe auf seinen Schreibtisch, setzte sich wieder und fing an, Couvert um Couvert zu öffnen. Sophie war vor ihm stehen geblieben, unschlüssig, ob sie noch auf seine Reaktion warten solle oder nicht.

«Das Übliche... ja, ja, immer das Übliche», murmelte er mehrmals vor sich hin. Beim fünften Umschlag aber hielt er inne, und seine Miene erstarrte. «Was zum Teufel... Komm her, Sophie! Sieh mal, welche Unverschämtheit!»

Sie trat näher und las den mit grünem Filzstift und in ungelenken Druckbuchstaben verfassten Text.

Pass auf, Komisar: Der Mord wird auf Alp Schönegg passieren!

Sophie wurde blass. «Oh je! Ist das ernst gemeint? Da wird doch regelrecht ein Mord angekündigt!» Unvermittelt hellte sich ihre Miene auf. «Das erinnert mich an Agatha Christies berühmten Roman: *a murder is announced.* Ich habe ihn kürzlich wieder einmal gelesen. Wie raffiniert er doch aufgebaut ist! Da wird in einem Zeitungsinserat ein Mord angekündigt, mit genauer Angabe von Ort und Zeit. Klar halten alle es zunächst für einen Scherz. Aus Neugier geht man hin zu dieser Versammlung in einem abgelegenen Cottage, als ob nichts wäre. Wie groß ist dann das Entsetzen, als tatsächlich ein Mord geschieht! So spannend! Das Buch kann ich nur empfehlen.»

«Lass mich jetzt in Ruhe mit deinen Krimis», stieß Andreas unwirsch aus, «ich habe genügend reale Probleme. In diesem anonymen Drohbrief wird unmissverständlich die Veranstaltung auf der Alp Schönegg erwähnt! Das kann sich doch nur auf das kommende Wochenende beziehen! Habe ich das Ganze

55

unterschätzt? Und nicht mal *Kommissar* kann dieser elende Stümper korrekt schreiben! Der will sich wohl über die Kripo mokieren?»

Sophie legte ihm mitfühlend eine Hand auf seinen Unterarm. «Das ist aber heftig, Andreas! Ich wünsche dir von Herzen, die richtigen Entscheide zu treffen.»

Andreas verdrehte innerlich die Augen. Ach Sophie! Ja, du bist die perfekte Chefsekretärin. Kompetent, vorausschauend, stilsicher und flink! Aber dein Augenaufschlag, dieses Anhimmeln, die scheuen Berührungen, die leisen Andeutungen… Nein, liebe Sophie, du wärst keine Frau für mich. So hübsch du anzuschauen bist, so lästig nervst du mich manchmal. Aber wie soll ich es dir nur sagen?

«Danke», sagte Andreas schließlich. «Ich bin überzeugt, dass die geplanten Sicherheitsmaßnahmen korrekt und ausreichend sind. Emma hat an alles Wichtige gedacht. Aber gibt es wirklich keine Schlupflöcher mehr? Siehst du, Sophie, es gibt einfach immer welche! Sogar wenn es keine gäbe, hieße das nicht, dass mit keinem Mord zu rechnen ist. Im besten Fall könnte man dann wenigstens den Täter überführen. Aber der Ermordete würde dadurch nicht wieder lebendig. Und was alles noch schlimmer macht: Wir wissen gar nicht, wen es überhaupt zu schützen gilt, wer das potentielle Mordopfer sein soll. Sind alle drei Personen, die einen Drohbrief erhalten hatten, gefährdet, oder ist es nur eine davon? Und was passiert mit den anderen?»

Sophie schüttelte ihren Kopf. «Bin *ich* dankbar, dass ich keine solchen Entscheidungen treffen muss!»

«Übrigens, Sophie: Dieser anonymen Brief an die Kripo, der bleibt unter uns. Es macht keinen Sinn, es im Team weiterzuerzählen. Schon gar nicht Emma gegenüber, die mit der Affäre betraut ist. Ist das klar?»

«Ich halte dicht», bestätigte Sophie und hielt sich einen Zeigerfinger quer über die Lippen, «großes Agatha-Christie-Ehrenwort.»

56

«So, das wäre erledigt», sagte Emma zufrieden, «alle für morgen geplanten Überwachungsmaßnahmen sind vorbereitet und getestet. Uns erwartet ein freier Nachmittag, hier oben in der schönen Bergwelt. Oder…», wandte sie sich schmunzelnd Massimo zu, «wer will, darf nach Hause fahren und morgen früh wieder hochkommen.»

«Das lasse ich mir nicht zweimal sagen», antwortete Massimo grinsend, «dann nehme ich die nächste Bahn ins Tal hinunter.» Und schon war er weg.

«Das hast du gut gemacht, Emma», lachte Fiona, «es ist ja so ungeheuer einfach, Massimo eine Freude zu bereiten! Und was machen *wir zwei* mit dem angefangenen Tag? Wollen wir vielleicht auf der Terrasse zu Mittag essen?»

«Gerne», antwortete Emma, «dann gehe ich uns ein paar Sandwiches bestellen. Ist Käse in Ordnung für dich als, ehm… so widersinnig es auch klingt, eingefleischte Vegetarierin?»

Fiona musste grinsen. «Der Ausdruck klingt eindeutig widersinnig, aber er gefällt mir irgendwie doch. Also gerne.»

«Dann muss ich selber nur noch überlegen, ob ich lieber Schinken oder Salami bestelle», sagte Emma und machte sich auf den Weg in Richtung Küche.

Die beiden Frauen nahmen auf den bequemen Sesseln Platz, verzehrten genüsslich ihren Lunch, blickten in die Weite hinaus und hingen eine Weile schweigend ihren Gedanken nach. Als schließlich eine Kellnerin vorbeikam, bestellten sie Kaffee und einen kleinen Nachtisch.

«Ja, Fiona», sagte Emma nach dem ersten Schluck Kaffee, «nächsten Monat sind es schon drei Jahre her, dass du zu meiner Truppe gestoßen bist. Und ich darf dir sagen, ich habe es keinen Moment bereut. Du bist die perfekte Ergänzung für unser Team. Ich habe noch in lebhafter Erinnerung, wie ich damals dein spannendes Bewerbungsdossier gelesen habe. Deine Referenzen von der Polizeischule waren ganz hervorragend. Aber auf welchem

Weg – oder Umweg – du zur Polizei gekommen bist, ist mir komplett entfallen.»

«Es brauchte tatsächlich Umwege», bestätigte Fiona, «und wenn mir als Teenager jemand vorausgesagt hätte, ich würde irgendwann bei der Polizei landen, wäre ich ihm wohl an die Gurgel gegangen. Aber womit hat es denn eigentlich angefangen? Ich glaube, dass ich schon früh bemerkt habe, wie unterschiedlich und ungerecht die Karten auf dieser Welt verteilt sind. Während ich mir selber in jeder Hinsicht privilegiert vorkam – Geld war nie ein Thema bei uns zuhause, die Schule fiel mir leicht, und meine Eltern ließen mir viele Freiheiten – hatte ich so viele Freundinnen, denen nichts einfach zufiel, die sich alles und jedes erkämpfen mussten. Ja, die Frage, warum die Chancen im Leben so ungerecht verteilt sind, und was ich selber dagegen tun könnte, beschäftigte mich die ganze Schulzeit hindurch. Und ich hatte so eine vage Vision, mich dereinst als erfolgreiche Anwältin für die Schwächeren in diesem Land einsetzen zu können. Aber natürlich hatte ich keine klare Vorstellung davon, wie dies konkret aussehen könnte.

Nach der Matura stürzte ich mich mit Elan und voller romantischer Illusionen in ein Jura-Studium. Aber nach zwei Semestern und vielen Gesprächen mit Juristinnen hatte ich begriffen, dass dies nicht mein Weg sein konnte. Viel zu stark fühlte ich den Drang, selber an die Front zu gehen, aus dem Büro hinaus auf die Straße zu treten, in direkten Kontakt mit den gewöhnlichen Leuten zu kommen. Ich beschloss, mich für das Studium an der Schule für Sozialarbeit zu bewerben. Kaum hatte ich jedoch mein Dossier abgeschickt, lernte ich an einer Party zufällig einen jungen Polizisten kennen. Dieser erzählte mir ganz begeistert von seinem abwechslungsreichen beruflichen Alltag, und er erwähnte immer wieder, dass sie viel zu wenige Frauen im Korps hätten. Dieses Gespräch ging mir nicht mehr aus dem Kopf. Polizistin zu werden, daran hatte ich bisher nie gedacht, aber allmählich freundete ich mich mit diesem Gedanken an.»

«Nur mit dem Gedanken? Oder eventuell auch mit diesem Polizisten?», spöttelte Emma.

«Ehm… Tatsächlich waren wir eine Zeitlang ein Paar. Aber, wie soll ich es sagen, die Liebe zum Polizisten, die verging mit der Zeit, diejenige zur Polizei, die blieb…»

«Schön gesagt, Fiona. Du hast ja, bei deiner Körpergröße von eins achtzig und deiner Sportlichkeit, auch physisch optimale Voraussetzungen für diesen Beruf.»

«Das war aber nicht immer so», lachte Fiona. «In der Schule rief man mich Bohnenstange, so lang und dünn war ich gewachsen. Mit vierzehn maß ich schon eins fünfundsiebzig und überragte alle, sogar die Buben, was für mich gar kein gutes Gefühl war. Mit Sport hatte ich zunächst wenig am Hut. Erst mein Freund – eben dieser Polizist – überzeugte mich von der Wichtigkeit, sich fit zu halten, und konnte mich nach und nach für mehrere Sportarten begeistern. Schwimmen, Rudern, Volleyball, Waldläufe, alles faszinierte mich, und allmählich legte ich an Muskelkraft und Beweglichkeit zu. Jedenfalls reichte es dann, zwei Jahre später, für die Aufnahmeprüfung zur Polizeischule.»

«Und in diesen zwei Jahren?»

«Ich habe dann doch noch vier weitere Semester Jurisprudenz absolviert und meinen Bachelor erworben. Es fühlte sich gut an, wenigstens mal einen Abschluss zu haben.»

«Eine spannende Geschichte, Fiona! Und ich hoffe, dass du uns noch sehr, sehr lange als wertvolle Kollegin erhalten bleibst. Wie gefällt dir eigentlich deine berufsbegleitende Weiterbildung zur Kriminalkommissarin?»

«Ganz ausgezeichnet! Es gibt ja noch so manch Spannendes zu lernen. Allein die vielen neuen technischen Instrumente, die uns zur Verfügung stehen, wie genetische Analysen, Datenbanken, Profilanalysen. Aber auch die persönliche Entwicklung hat im Kurs einen großen Stellenwert. Es ist so entscheidend, wie du mit einer verdächtigen Person oder einem Angeklagten umgehst, und jede Person verhält sich wieder anders. Wir üben oft mit

Hilfe von Rollenspielen, damit bekommt man nach und nach Routine im Umgang mit allen möglichen Charakteren.»

«Das freut mich, dass du die Weiterbildung so positiv erlebst, Fiona. Ich weiß aus eigener Erfahrung, dass der Kurs sehr streng ist.»

«Das stimmt schon. Aber ich plane jedes Wochenende einige Stunden zum Lernen und Reflektieren ein. So komme ich gut mit.»

Fiona bemerkte, dass Emma ihren Kopf abgewandt hatte und ins Leere starrte. Was war nur mit ihr los?

«Emma, woran denkst du?», fragte sie zögerlich. «Du wirkst so abwesend.»

«Ehm… Ich habe gerade über unseren Chef nachgedacht.»

«Andreas?»

«Ehrlich gesagt, habe ich manchmal Mühe mit ihm. Formell gesehen, verhält er sich immer korrekt, das ist gar keine Frage. Aber ich habe immer das Gefühl, er sei so unnahbar, irgendwie abgehoben vom beruflichen Alltag. Er betrachtet nüchtern die Fakten und fällt dann seine Entscheide. Alles läuft so rational ab. Irgendwie spüre ich bei ihm keine Empathie, er scheint mir emotional gar nicht wirklich engagiert zu sein. Ja, das ist es, was mich an ihm irritiert. Ich frage mich, ob es vor allem seine Position als Chef ist, die ihn so erscheinen lässt, oder ob es an privaten Problemen oder einfach an seinem Charakter liegt.»

«Genau diesen Eindruck habe ich auch von ihm», bestätigte Fiona, «nur betrifft es mich weniger, weil ich seltener direkt mit ihm zu tun habe.»

«Nun ja, er ist der Chef, und ich muss ihn so akzeptieren, wie er ist, ob mir das gefällt oder nicht.»

«Meinst du, dass er von seinem Job enttäuscht ist? Dass er erwartet hat, mehr bewegen zu können? Und dass er deswegen seinen Frust an uns auslässt? Oder trifft bei ihm das Klischee von *typisch Mann, hat alles im Griff* zu?»

Emma zuckte die Schultern. «Was auch immer, Andreas macht mir Mühe, und ich muss unbedingt lernen, damit lockerer umzugehen. Das wird auch meinen Stress reduzieren.»

«Ja, das ist definitiv die beste Strategie», sinnierte Fiona. «Übrigens, verzeih mir meine freche Frage: Hast du eigentlich Angst vor dem kommenden Wochenende?»

Emma zog ihre Stirne in Falten. „Wenn ich ehrlich sein darf: Ja, ich habe Angst. Noch nie bin ich im Polizeidienst einer solchen Situation gegenübergestanden. Wir haben den Auftrag, die Sicherheit zu gewährleisten. Aber eigentlich ist das hier oben nahezu unmöglich. Im besten Fall können wir einen potentiellen Täter abschrecken. Aber einen gut geplanten Anschlag hier im Hotel zu verhindern, das können wir doch glatt vergessen! Zumal nicht einmal das angepeilte Opfer bekannt ist. Wenn wir Glück haben, passiert nichts, andernfalls können wir mit unserem Auftrag eigentlich nur scheitern. Ich kann dir sagen, ich wäre viel lieber nicht hier!»

Emma stand auf und lockerte mit kreisenden Bewegungen ihre Schultergelenke. «Sag mal, Fiona: Wie wäre es, wenn wir noch etwas an unserer polizeilichen Fitness arbeiten würden?»

«Gute Idee. Ein Stündchen Jogging täte uns gut. Das würde auch die quälenden Gedanken vertreiben.»

«Gut, dann treffen wir uns in zehn Minuten vor dem Hotel.»

Im Hotel Bellavista ging ein ruhiger Arbeitstag seinem Ende entgegen. Das Haus war heute nur zu einem Viertel besetzt, Küche und Service hatten ohne Hektik arbeiten und immer wieder Pausen einlegen können. Die Leute von der Polizei hatten in aller Ruhe die mitgebrachten Kameras installiert und getestet. Die ganze Umgebung hatten sie minutiös abgesucht, ohne etwas Verdächtiges zu finden. Franziska hatte alle Mitarbeitenden über den Zweck der Aktion informiert und sie zum Stillschweigen verpflichtet.

Die Sonne war soeben hinter dem Eggspitz verschwunden, einige mächtige Quellwolken über den Dreitausendern leuchteten in einer Mischung von violett und rosa auf, der Westhimmel war in einem wolkenlosen orangerot entflammt, und ein leichter, warmer Abendwind wehte aus Südwest über die Alp Schönegg. Von links und rechts war dunkles Kuhgebimmel zu hören, von weiter oben erklangen die helleren Glöckchen von Ziegen und Schafen. Unten im Tal hatten die Kirchenglocken acht Uhr geschlagen.

Carla Costello und Luis Sanchez hatten die Tische abgeräumt, den Boden gewischt und den Speisesaal gelüftet.

«Was meinst du, Luis», fragte Carla, «bist du noch munter genug für eine Lektion?»

Luis strahlte sie an. «Eine Lektion Deutsch? Aber gerne!»

«Wir hatten ja heute schön Zeit für einen Mittagsschlaf, da müssen wir nicht so früh in die Federn. Hol deine Unterlagen, wir setzen uns ins kleine Stübli.»

Luis fuhr mit dem Lift hoch zu seinem Zimmer im fünften Stock. Wenn er daran dachte, eine Stunde lang Carla gegenüber sitzen und mit ihr sprechen zu dürfen, bekam er eine Gänsehaut. Wie schön sie doch war! Wenn sie ihn mit ihren dunklen Augen ansah und ihr Gesicht die reine Lieblichkeit ausstrahlte! Er konnte es kaum glauben. Erst vorgestern früh hatte er hier seinen Dienst angetreten, und schon jetzt war ihm die Umgebung angenehm vertraut. Ja, ein ganz klein wenig fühlte er sich hier schon zuhause. Dies hatte er vor allem Carla zu verdanken. Wie geduldig hatte sie ihm alles erklärt, was er für seine Arbeit im Hotel wissen musste, wie hatte sie ihn gelobt, als er schon am ersten Tag beinahe nichts durcheinanderbrachte, wie nachsichtig hatte sie immer wieder seine Deutschfehler verbessert. Und vor allem, wie liebreizend hatte sie ihm immer wieder zugelächelt! Aber Luis, pass auf, sagte er sich, mach dir keine falschen Hoffnungen! Sie ist deine Chefin, du hast ihr zu gehorchen, und du darfst auf keinen Fall den Eindruck erwecken, du habest einfach nur Flirten im Sinn!

Carla erwartete ihn schon im kleinen Stübli.

«Oh, ein Bier?», fragte Luis erstaunt, als er die zwei großen Gläser auf dem Tisch sah.

«Aber sicher», lachte Carla. «Wir haben heute so gut gearbeitet, da dürfen wir uns etwas gönnen.»

Sie stießen mit den Gläsern an.

Luis klappte sein Deutsch-Lehrbuch bei Kapitel zwei auf. Doch sogleich blickte er wieder hoch. «Carla, ich habe eines Frage. Bist du in die Schweiz geboren?»

Carla schenkte ihm ein Lächeln. «Aha, jetzt sind wir schon mittendrin im Deutschkurs! Ich weiß es wohl: Das grammatikalische Geschlecht der Hauptworte ist etwas vom Schwierigsten im Deutschen. Ob ein Wort in der Sprache männlich, weiblich oder sächlich ist, muss man leider in den meisten Fällen einfach auswendig lernen, es gibt nicht viele Regeln dazu. Also: Es heißt *die* Frage und *die* Schweiz. Dementsprechend muss man sagen: Ich habe eine Frage. Bist du in der Schweiz geboren?»

Luis war sichtlich enttäuscht. «Oh, ist das kompliziert! Das lerne ich doch nie!»

«Nur Mut, es braucht einfach Übung und nochmals Übung. Gelegenheit zum Üben hast du ja hier den ganzen Tag.»

«Puh! Ich werde versuchen. Also: Bist du in der Schweiz geboren?»

«Nein, ich wurde in Italien geboren, kam aber als Fünfjährige mit meinen Eltern in die Schweiz.»

«Das ist gut! Mit fünf man lernt eine neue Sprache wie eine Blitz!»

«Das stimmt, aber du hast es nicht ganz korrekt ausgedrückt. Es heißt *der* Blitz, deshalb wie *ein* Blitz. Und jetzt kommt noch etwas Schwieriges, das typisch für die deutsche Sprache ist. Pass gut auf, es ist sehr wichtig. Man sagt: man lernt eine Sprache. Wenn aber noch etwas vornedran steht, wie bei deinem Satz mit fünf, dann muss man Subjekt und Verb tauschen. Also nicht: *mit fünf man lernt eine Sprache*, sondern: *mit fünf lernt man eine Sprache*. Also Subjekt *man* und Verb *lernt* vertauscht. Alles klar?»

«Nein! Wozu das denn?»

«Ich denke, dass man das nicht wirklich erklären kann. Es ist einfach eine Regel, und zwar eine sehr wichtige. Wenn jemand sagt *mit fünf man lernt wie ein Blitz*, wird er sofort als Ausländer erkannt, der schlecht Deutsch spricht. Leider. Wir machen noch ein Beispiel: Wir trinken Bier. Warum…?»

«Ehm… Warum wir trinken Bier? Nein! Warum trinken wir Bier?»

«Bravo, Luis! Du hast es begriffen. Und jetzt repetieren wir zum Abschluss nochmals das sprachliche Geschlecht von allem, was auf den Tisch kommt. Das muss man als Kellner perfekt beherrschen. Fängst du an?»

«Also: Das Messer, die Gabel, das Löffel…»

«*Der* Löffel.»

«Also der Löffel, der Teller, das Glas, das Tasse…»

«*Die* Tasse.»

«Also die Tasse, die Flasche, das Tischtuch, die Schüssel.»

«Gut, Luis, du machst Fortschritte. Also machen wir Schluss für heute. Morgen wird ein anstrengender Tag. Wir erwarten mehr als dreißig neue Gäste. Gute Nacht, Luis.»

Luis hoffte inständig, dass Carla ihn zum Abschied… Es musste ja keine Umarmung sein, eine kurze Berührung am Arm würde ihm schon genügen… Oder ein kleines Küsschen auf die Wange…

Aber Carla machte keinerlei Anstalten dazu.

64

Samstag, 28. Juni

Franziska Obrist hatte kaum geschlafen. Die ganze Nacht war sie von einem Albtraum zum nächsten geglitten. Dazwischen hatte sie wach gelegen und gegrübelt. Was machte denn eine Todesdrohung gegen sie überhaupt für einen Sinn? Wem würde es nützen, ihre so lange zurückliegende, vermeintliche Veruntreuung zu rächen? Das hatte doch überhaupt keine Logik, es war nur absurd! So etwas war einfach zum Verzweifeln!

Schon um halb sechs Uhr war sie in der Küche und machte sich einen doppelten Espresso. Was würde der Tag mit sich bringen? Die drei Personen von der Kriminalpolizei waren als gewöhnliche Gäste registriert. Im besten Fall würde alles normal laufen, im schlechtesten Fall… Nein, sie durfte nicht so weit denken! Die Kripo hatte, ganz diskret, ihre Vorbereitungen getroffen. Falls jemand sich über die gestern montierten, zusätzlichen Überwachungskameras wunderte, konnte sie das problemlos auf das allgemein gestiegene Sicherheitsbedürfnis abschieben. Ja, das Sicherheitsdispositiv der Kriminalpolizei war vorbildlich aufgestellt. Eigentlich konnte nichts schiefgehen. Auf dem gesamten Areal waren die Überwachungskameras in Betrieb. Man würde also jegliche verdächtige Bewegung registrieren können! Zudem war die ganze Umgebung peinlich genau abgesucht worden, und man hatte nichts gefunden, was als Vorbereitung zu einem Anschlag dienen könnte.

Franziska seufzte. So viele rationale Argumente, und trotz allem so viele Unwägbarkeiten! In jeder Ecke konnte die Bedrohung lauern! Ihre Angst war kein bisschen kleiner geworden. Am liebsten hätte sie sich irgendwo verkrochen und sich bis Montag nicht mehr blicken lassen. Unsinn! So etwas konnte sie sich nicht leisten!

Der offizielle Beginn zum Tag der Artenvielfalt war auf zehn Uhr angesetzt. Das Wetter zeigte sich optimal für eine solche

Veranstaltung: Sonnig, schwachwindig und nicht allzu heiß. Und etliche der Teilnehmenden erschienen schon früh auf der Alp Schönegg. Als erste trafen kurz nach acht die drei Insektenkundler ein: Ernst Biland, ehemals Leiter der Entomologie am Naturhistorischen Museum, seit fünfzehn Jahren pensioniert, Spezialist für Wanzen. Dann Max Opprecht, sein Nachfolger, Spezialist für Käfer, und schließlich Lisa Tonelli, Postdoktorandin mit Spezialgebiet Schlupfwespen. Mit der nächsten Gondel kamen die Botanikerinnen an, Elena Keller und Iris König, eine Gondel später Paul Schwitter und Barbara Manzoni, zuständig für Schmetterlinge und Vögel. Um halb zehn trafen auch Joachim Seidler, Bettina Faber und Stefanie Dormann ein. Sie waren in separaten Autos an den Brienzersee gefahren und hatten sich dann zufällig bei der Talstation getroffen. Nachdem alle ihr Gepäck in die Zimmer gebracht hatten, traf man sich auf der Hotelterrasse, bestellte Kaffee und kam schnell ins Plaudern. Beinahe alle kannten sich von früheren Veranstaltungen her, und es gab viel zu erzählen.

Mitten im Geplauder hob Max Opprecht plötzlich den Arm und rief: «Aha, das Spinnenbein kommt auch!»

Alle blickten in die angegebene Richtung. Und tatsächlich: Ein ausgesprochen langer und hagerer Mann mit Rucksack und Schlapphut näherte sich von der Bahnstation her dem Hotel. Als er die Gruppe bemerkte, bog er ab, blieb vor der Terrasse stehen, zog seinen Schlapphut und machte eine gekonnte Verbeugung.

«Seid gegrüßt, werte Kolleginnen und Kollegen!» Er richtete sich wieder zu voller Größe auf. «Schaut mich nur an: Zwei Meter und drei Zentimeter lang und spindeldünn. Nennt mich also ungeniert das Spinnenbein! Und welches ist wohl mein Spezialgebiet?»

«Spinnen!», klang es im Chor. Allgemeines Gelächter und Applaus folgte.

Um zehn Uhr versammelte man sich im großen Seminarzimmer. Alle vierunddreißig angemeldeten Personen waren anwesend. Nach einer kurzen Begrüßung durch die Hoteldirektorin übernahm Max Opprecht, der Hauptorganisator, das Wort.

«Liebe Kolleginnen und Kollegen, ich freue mich, in einer wunderbaren Naturlandschaft und bei schönstem Wetter unseren diesjährigen Tag der Artenvielfalt eröffnen zu dürfen. Speziell willkommen heiße ich unseren Ehrengast, der vor mehr als zwanzig Jahren diese Veranstaltungsreihe ins Leben gerufen hat: Meinen verehrten Doktorvater und Mentor, Ernst Biland!»

Biland erhob sich mühsam von seinem Stuhl, machte eine kleine Verbeugung und winkte rundum in den Saal. Tosender Applaus brandete auf, und Opprecht liess ihn bis zum Ende gewähren.

«Weiter begrüße ich die Vertreterin der Presse, Stefanie Dormann. Sie wird euch beim Forschen ein wenig über die Schulter schauen und vielleicht die eine oder andere Frage stellen. Ich bitte euch, ihr einen kleinen Einblick in eure Forschungstätigkeit zu gewähren und euch dabei auch fotografieren zu lassen. Ein spannender und weit gestreuter Presseartikel wird hoffentlich auch der breiten Öffentlichkeit nahebringen, wie wichtig der Erhalt unserer Artenvielfalt und überhaupt der Naturschutz ist. Jetzt aber heißt es, auszuschwärmen und die reiche Artenvielfalt rund um die Alp Schönegg zu entdecken. Viel Erfolg und Vergnügen!»

Zwanzig Minuten später waren alle Forschenden losgezogen. Nur Stefanie Dormann saß noch auf der Terrasse, ein beinahe ausgetrunkenes Glas Most vor sich.

«Möchtest du noch etwas?», fragte Franziska Obrist, die gerade vorüberging.

«Nein, danke. Ich werde dann ebenfalls aufbrechen.»

Stefanie ging in ihr Zimmer, packte ihren kleinen Rucksack, schnürte die Wanderschuhe und machte sich auf den Weg. In flottem Tempo marschierte sie auf dem zunächst nur sanft ansteigenden Weg in Richtung der Alp Obersaß. Als sie nach einer knappen halben Stunde bei der Alphütte ankam, bemerkte sie ein Stück weiter oben einen Mann mit einem Fangnetz herumwedeln. Ja, dort war der Leiter der Veranstaltung an der Arbeit, aber wie hieß er schon wieder? Endlich fiel es ihr ein, und sie näherte sich ihm.

«Herr Opprecht, darf ich kurz stören?»

«Ja, sicher. Nenne mich einfach Max.»

«Stefanie. Es ist mir eine Ehre, heute den Forscherinnen und Forschern über die Schulter blicken zu dürfen. Und ich freue mich, danach einen interessanten Bericht für die Presse zu verfassen. Obwohl ich ja... leider kaum etwas von Biologie verstehe...»

Max lachte kurz auf. «Das beunruhigt mich nicht. Es geht ja in erster Linie darum, einer breiten Öffentlichkeit darzulegen, was für eine wunderbare Artenvielfalt wir hier in den Bergen noch haben, und dass wir diesen Reichtum unbedingt erhalten und schützen müssen. Ja, diese Botschaft sollte in deinem Bericht rüberkommen.»

«Das ist auch mein Ziel», erwiderte Stefanie. «Könntest du also kurz schildern, was du hier tust?»

«Sehr gerne. Mein Spezialgebiet sind die Käfer. Schon als kleiner Junge haben mich die kleinen Krabbler fasziniert. Wobei, was das Krabbeln betrifft... Was viele Leute nicht wissen, die meisten Käfer können genauso gut fliegen wie andere Insekten. Im Sommer war ich, vor allem während der Schulferien, täglich im Garten oder im Wald unterwegs, um nach Käfern Ausschau zu halten. Ich habe die Tierchen in kleinen Dosen eingefangen, sie zuhause mit der Lupe studiert und mithilfe von Büchern versucht, ihre Namen herauszufinden. Meine Eltern waren auch naturinteressiert und froh, dass ich einer sinnvollen Freizeitbeschäftigung nachging. Wenn du jetzt aber denkst, ich kennte alle Käfer, dann irrst du dich. Man unterscheidet nämlich auf der Welt ungefähr vierhunderttausend Käferarten!»

«Gigantisch!», stieß Stefanie aus.

«Ja, diese Vielfalt ist kaum vorstellbar. Und niemand weiß exakt, wie viele es wirklich sind. Mit Sicherheit hat es in den Tropen noch Zehntausende unentdeckte Arten. Und ebenso sicher sterben jedes Jahr viele Arten aus, zum großen Teil bedingt durch unsere menschliche Zerstörungswut. Leider ist das eine traurige Tatsache. Übrigens gibt es allein in der Schweiz mehrere Tausend verschiedene Käferarten, auch diese kenne ich längst nicht alle auf Anhieb. Heute versuche ich herauszufinden, welche Käfer hier auf dieser trockenen Bergwiese leben. Du wirst es kaum glauben: Schon mehrmals hat man im Rahmen solcher Tage der Artenvielfalt Tierarten gefunden, die vorher noch nie in der Schweiz beobachtet wurden.»

«Wirklich kaum zu glauben!»

Max griff in seinen Rucksack, holte eine Handvoll transparente Kunststoffröhrchen heraus und legte sie so auf den Boden, dass sie im Schatten seines Rucksacks lagen. In jedem Röhrchen sah man einen mehr oder weniger bunt gefärbten Käfer unruhig hin und her krabbeln.

«Hier kannst du ein paar Beispiele betrachten.» Max wies mit einem Zeigefinger auf die Röhrchen. «Die beiden großen hier gehören zur Familie der Laufkäfer, der schwarz-rot gefärbte ist ein Aaskäfer, diese zwei mit den Fühlern, die wie Fächer aussehen, gehören zu den Blatthornkäfern, dieser lange schmale Kerl ist ein Weichkäfer, und die drei Krabbler mit den elegant gebogenen langen Fühlern sind Bockkäfer.»

Stefanie ging auf die Knie und nahm ein Röhrchen nach dem anderen in die Hand. «Die sind ja total schön!», rief sie schließlich begeistert aus und machte eifrig Fotos. «Aber... sterben die nicht, wenn sie in diesen Röhrchen so wenig Luft und nichts zum Fressen haben?»

«Nein, so schnell geht das nicht. Die Luft im Röhrchen reicht den Tieren für viele Stunden, und ohne zu fressen würden sie etliche Tage überleben. Gefährlich wäre es nur, wenn ich die Röhrchen in der prallen Sonne liegen ließe. Dann würden die

Käfer an Hitzschlag eingehen. Allerdings…» Max sprach nicht weiter und begann, wie zufällig an seinem Rucksack zu nesteln. «Was allerdings?», fragte Stefanie nach. «Oh! Ich glaube, es kapiert zu haben. Du nimmst die Tierchen mit ins Labor, und da kommen sie wohl nicht mehr lebendig heraus…»

Max machte eine schuldbewusste Miene. «Ja, das ist die traurige Wahrheit bei uns in der Entomologie. Ich habe dir ja erzählt, dass allein in der Schweiz Tausende von Käferarten vorkommen. Da kannst du dir vorstellen, dass sich die Arten manchmal nur in winzigen Details voneinander unterscheiden. Häufig ist es die Form der Genitalien, welche die Zuordnung zu den Arten bestimmt. Was ich damit sagen will: Die meisten Insekten muss man unter dem Mikroskop untersuchen, um die genaue Art feststellen zu können. Und das geht leider nur, wenn die Tierchen tot sind. Ja, für den Erkenntnisgewinn in der Wissenschaft muss die Natur immer auch Opfer bringen. Selbstverständlich bemühe ich mich, von jeder Art möglichst nur ein Exemplar zu sammeln.»

Während Max' Ausführungen hatte Stefanie fleißig in ihr Notizbüchlein geschrieben. «Ja, ich verstehe es, auch wenn mir die Tierchen leidtun», sagte sie jetzt und klappte ihr Büchlein zu. «Max, herzlichen Dank für diesen spannenden Einblick in deine Arbeit. Ich werde jetzt ein paar weiteren Forschenden bei der Artensuche zuschauen gehen.»

Stefanie stieg weiter hangaufwärts. Die Sonne brannte jetzt beinahe senkrecht auf den steilen Weg herab. Stefanie war schon völlig verschwitzt und kam zunehmend ins Keuchen. Verwundert blieb sie einen Moment stehen. Ich komme doch sonst nicht so schnell außer Atem, dachte sie. Habe ich einen schlechten Tag? Gut, ich befinde mich mehr als Tausend Meter über dem heimatlichen Tennisplatz, da ist die Luft schon dünner, und das Wandern bin ich auch nicht gewohnt. Trotzdem, so einen

Aufstieg sollte ich doch problemlos bewältigen! Wo genau befinde ich mich überhaupt?

Sie studierte die Karte auf dem Handy und blickte dann auf die Uhr. Aha, alles klar, sagte sie sich. Kein Wunder, bin ich dermaßen ausgepumpt. Zweihundert Höhenmeter Aufstieg in kaum zwanzig Minuten, das ist viel zu schnell. Dabei habe ich überhaupt keinen Grund zur Eile. Im Gegenteil, ich wollte doch den Tag in aller Ruhe genießen, die Bergwelt auf mich wirken lassen und nebenbei ein paar spannende Interviews machen.

Mit diesen neuen Vorsätzen machte sie sich wieder auf den Weg. Nach einer Viertelstunde erblickte sie einen Mann, der im Gras saß, ein Röhrchen in der Hand hielt und mit der Lupe hineinschaute. Alles klar, dachte Stefanie, das sogenannte Spinnenbein. Sie näherte sich dem Mann.

«Das ist aber nett, dass die Presse mich besuchen kommt», sagte er gleich, «ich bin der Peter.»

«Freut mich. Ich heiße Stefanie.»

«Und wie du siehst, sammle ich Spinnen. Eine sehr faszinierende Gruppe von Tieren, obwohl leider viele Menschen Angst vor ihnen haben. Vollkommen unnötigerweise.»

«Danke, Peter, dass du mich an deiner Forschung teilhaben lässt. Ich selber verstehe es auch nicht, dass man vor diesen harmlosen Tieren Angst haben kann. Aber meine Lebenspartnerin beispielsweise läuft vor jedem Spinnlein weg...»

«Ja, diese Tiere sind vielen Menschen unheimlich, obwohl ich nicht wirklich erklären kann, weshalb. Sind es die acht Beine? Oder die klebrigen Fäden? Die schnellen Bewegungen? Die unheimlichen schwarzen Augen? Das Einwickeln und Aussaugen ihrer Beute? Wir wissen ja, wie irrational der Mensch im Allgemeinen fühlt und handelt, aber wir Biologen arbeiten daran, solche Ängste abzubauen und der Bevölkerung einen gesunden, vorurteilslosen Zugang zu den Wundern der Natur zu ermöglichen. Dies ist mir auch in meinen Sekundarschulklassen ein wichtiges Anliegen. Hier kannst du ein paar Exemplare betrachten.»

Peter Rychner griff in die auf dem Boden liegende Tasche, zog einen Karton voller durchsichtiger Röhrchen hervor und hielt ihn Stefanie hin. Sie nahm die Röhrchen in die Hand und betrachtete der Reihe nach jede gefangene Spinne.

«Tatsächlich, sie sehen sehr unterschiedlich aus und sind teilweise richtig schön gezeichnet. Ehm… Kann es sein, dass diese hier acht Augen hat?»

«Durchaus!», erwiderte Peter. «Der Mensch hat doch zwei Beine und zwei Augen, die Spinnen hingegen…»

«…logisch, acht Beine und acht Augen.»

«Es gibt aber auch Spinnen mit nur sechs Augen», fuhr Peter fort und nahm ein Röhrchen zur Hand. «Hier siehst du übrigens eine Kreuzspinne, eine der häufigen Arten. Kreuzspinnen verfertigen die allen Leuten bekannten radförmigen Spinnennetze. Ist das Netz fertig, setzt sich die Spinne ins Zentrum – übrigens immer Kopf nach unten, weshalb, wissen wir nicht – und wartet geduldig, bis sich ein Beutetier verfängt. Aber nur ein kleiner Teil aller Spinnenarten baut solche Radnetze. Es gibt viele andere Typen von Netzen. Zum Beispiel bei den Trichterspinnen. Diese bauen aus ihrer Spinnseide eine Art Wohnröhre. Diese wird am vorderen Ende trichterförmig erweitert. Die Spinne hockt dann in ihrer Röhre und wartet, bis sich ein Insekt im Trichter verfängt. Aber es gibt auch sehr viele Spinnen, die überhaupt kein Netz bauen. Zum Beispiel die Krabbenspinnen, die regungslos auf einer Pflanze sitzen und auf Beute lauern.»

Peter schaute sich um. «Aha, hier sitzt ja schon eine, hier auf dieser Flockenblume. Achte dich mal auf ihre Beine. Die Vorderbeine sind viel länger und auffällig nach innen gekrümmt.»

«Das sieht tatsächlich aus wie eine Krabbe! Genau so wie die kleinen Krabben, die am Meeresstrand herumlaufen», rief Stefanie aus.

72

«Ja, deshalb auch ihr Name. Oder dann gibt es die Springspinnen und die Wolfsspinnen. Beide haben sehr gute Augen, schleichen sich an ihre Opfer an, um sie dann im richtigen Moment anzuspringen und mit einem gezielten Biss zu lähmen. Andere Spinnen leben vorwiegend in unseren Häusern. Schau mal in die oberen Zimmerecken unter der Decke. Da leben häufig sogenannte Zitterspinnen. Ihr Hinterleib ist auffallend langgestreckt, und ihr Fangnetz ist ziemlich wirr aufgebaut. Wenn sie sich bedroht fühlen – zum Beispiel wenn du mit einem Finger in ihr Netz fasst – versetzen sie sich selber mithilfe der Fäden in eine rasche Schwingung, eine Art von Zittern, so als säßen sie auf einer Schaukel. Eine plausible Hypothese besagt, dass sie in diesem Zustand für einen Gegner quasi unsichtbar würden.»

«Dass die Spinnen so interessant sind, das hätte ich nie im Leben gedacht!», sagte Stefanie ganz begeistert. «In meinem Zeitungsartikel werde ich bestimmt etwas über Spinnen schreiben.»

Peter lächelte ihr – notgedrungen von oben herab – zu. «Schön, habe ich ein wenig dein Interesse wecken können.»

«Dann wünsche ich dir noch viel Jagderfolg, Peter, und herzlichen Dank für deine Informationen», sagte Stefanie und machte sich wieder auf den Weg.

Martina Seidler hatte den ganzen Vormittag an ihrem Schreibtisch verbracht und die Deutsch-Aufsätze ihrer Maturaklasse korrigiert. Danach war sie mit ihrem Motorroller in die Innenstadt gefahren und hatte einige Lebensmittel eingekauft. Wieder zuhause, hatte sie sich einen reichhaltigen Salat zubereitet und diesen, begleitet von einer Scheibe dunklem Brot und einem Glas Weißwein, am Küchentisch genossen. Die beiden Söhne würden bis abends unterwegs sein, und Martina hatte sich vorgenommen, den warmen Sommernachmittag allein zuhause zu verbringen, die friedliche Stimmung in ihrem parkähnlichen Garten zu genießen und einfach nur ihren Gedanken nachzuhängen.

Jetzt saß sie, mit einer Tasse Kaffee vor sich, auf der schattigen Terrasse. Durch das Laub der mächtigen Buchen drang gedämpftes Sonnenlicht auf die Wiese vor dem Haus und streute Lichttupfer auf die wenigen noch blühenden Stauden. Rund ums Haus ließen Amseln, Meisen und Finken ihren Gesang hören, und regelmäßig huschte ein Eichhörnchen über den Rasen, um dann eilig den nächstgelegenen Stamm hochzuklettern. Vom Waldweg her war ab und zu das rhythmische Klacken von Nordic Walking Stöcken und immer wieder fernes Hundegebell zu vernehmen.

Martina schloss die Augen, und ihre Gedanken begannen umherzuschweifen. Zurück zu ihrem Großvater Samuel Burri. Dieser hatte als junger Mann in den 1930er Jahren, in Zeiten von Krise und Arbeitslosigkeit, eine Fabrik gegründet, welche nützliche, von jedermann benötigte Dinge produzierte und vielen Leuten Arbeit verschaffte. Die Firma *Burri-Bürsten* hatte mit dem Verkauf von Zahnbürsten, Haarbürsten und Fegbürsten Erfolg. Sie konnte expandieren und immer mehr Leute einstellen. Nach Samuel Burris frühem Tod 1964 übernahm sein Sohn Michael die Firma und vermochte mit unternehmerischem Geschick den Erfolgskurs weiterzuführen. Michael, studierter Betriebsökonom, investierte, modernisierte, rationalisierte und passte die Produktepalette nach und nach den Erfordernissen der Zeit an. Er heiratete seine Studienkollegin Anna, die schon bald seine rechte Hand bei *Burri-Bürsten* wurde, und 1968 kam Martina, ihr einziges Kind, zur Welt. Die Firma warf so viel Gewinn ab, dass Anna und Michael sich in den siebziger Jahren ihren Traum erfüllen konnten. Sie erwarben ein übergroßes, parkähnliches Baugrundstück am Waldrand und ließen sich eine stattliche Villa im amerikanischen Landhaus-Stil darauf bauen.

Martina musste schmunzeln, wenn sie an ihre Schulzeit zurückdachte. Sie hatte sich in dem großen Haus im Park immer wie eine Prinzessin gefühlt. Jeden Mittwochnachmittag und jeden Samstag durfte sie ihre Freundinnen nachhause einladen.

Bei schönem Wetter tollten sie zuerst eine Stunde oder zwei im Park herum, setzten sich danach an den runden, grün gestrichenen Gartentisch im Schatten der mächtigen Blutbuche, tranken Himbeersirup und erfanden gemeinsam die verrücktesten Abenteuergeschichten. Bei Regen oder Kälte hockten sie dicht nebeneinander auf Martinas Bett, naschten Schokolade, lasen sich gegenseitig aus Mädchenromanen vor oder alberten einfach herum.

Martina war eine gute Schülerin gewesen, und ihre Eltern hatten insgeheim darauf gehofft, ihr dereinst die Leitung der Firma übergeben zu dürfen. Dementsprechend versuchten sie, ihr ein Studium der Betriebswirtschaft schmackhaft zu machen. Martina aber wusste, dass sie mit der Geschäftswelt nichts würde anfangen können, dass ihre Neigung und Begabung in der Welt der Sprachen zuhause war. Sie studierte Deutsch und Englisch, machte den Lehramtsabschluss und begann 1994 im Kirchenfeldgymnasium zu unterrichten. Die Arbeit mit den Jugendlichen machte ihr, nachdem sie die unvermeidlichen disziplinarischen Klippen besser in den Griff bekommen hatte, von Jahr zu Jahr mehr Freude. Ja, sie hatte genau den richtigen Beruf gewählt!

Irgendwann lernte sie auf einer Party Joachim Seidler kennen. Sie fühlte sich geschmeichelt, wie er sich um sie bemühte, war sich aber ihrer Gefühle noch unsicher und hielt sich lange Zeit zurück. Ihre geheime Hoffnung – oder war es Befürchtung? – Joachim würde von selbst bald aufgeben, erfüllte sich aber nicht. Irgendwann stellte sie fest, dass sie sich verliebt hatte, und dann ging alles sehr schnell.

Als sie den neuen Freund ihren Eltern vorstellte, waren diese begeistert. Ein gut ausgebildeter, aufstrebender Geschäftsmann, der wusste, was er wollte und bereits am Aufbau seiner eigenen Firma arbeitete, das war genau das, was sie von einem künftigen Schwiegersohn erwarteten. Es wurde nie angesprochen, aber sie hofften wohl darauf, dass er irgendwann die Leitung der *Burri-*

Bürsten übernehmen würde. Ihr Hochzeitsgeschenk bestand aus einem großzügigen und zinslosen Darlehen zugunsten von Investitionen in Joachims noch junger Firma *AquaTop*. Als Folge davon blühte diese bald auf wie ein Kirschbaum im April, und die junge Familie, nun mit zwei kleinen Buben, zog in ein Reihenhaus im beschaulichen Breitequartier.

Acht Jahre später bahnte sich das Unglück an. Anna erkrankte an Brustkrebs, und kurz darauf sah sich Michael wegen zunehmender Herzschwäche gezwungen, seine Berufstätigkeit aufzugeben. Sein Angebot, jetzt die Leitung der *Burri-Bürsten* zu übernehmen, lehnte Schwiegersohn Joachim jedoch entschieden ab. Mit schwerem Herzen musste Michael zusehen, wie sein Unternehmen an einen schwedischen Konzern verkauft wurde. Wenige Jahre später wurde die Firma liquidiert, weil die Produktion in der Schweiz anscheinend zu teuer war. Ein Jahr darauf starben Anna und Michael Burri kurz nacheinander.

Infolgedessen wurde Martina, im Alter von zweiundvierzig Jahren, mit einem Schlag zur reichen Frau. Ihr gehörte jetzt die schuldenfreie Landhausvilla im Park, und das ererbte Kapital reichte aus, um das beinahe vierzigjährige Haus umfassend zu sanieren. Im Herbst 2011 konnte die Familie, mit den nunmehr sieben- und neunjährigen Buben, das in frischem Weiß erstrahlende Haus beziehen. Auch wenn natürlich die traurige Erinnerung an die verstorbenen Eltern überall präsent war, kam es Martina wie ein Wunder vor. Das Erbe ihrer Eltern antreten zu dürfen, hatte für sie etwas Tröstliches an sich.

Allerdings begann im Laufe der folgenden Jahre ihre Ehe Stück für Stück auseinanderzubrechen. Joachim verschanzte sich immer mehr in seiner Firma, und Martina begriff bald, dass sich seine Affäre mit Bettina Faber, die er nie wirklich geheim gehalten hatte, langsam aber sicher zu einer ernsthaften Beziehung entwickelte. Jahrelang versuchte Martina, gegen die zunehmende emotionale Entfremdung von Joachim anzukämpfen. Bis sie eines Morgens erstaunt feststellte, dass sie frei war, absolut frei! Und mit noch größerem Staunen gestand sie sich ein, dass sie sich in ihre Tenniskollegin Stefanie verliebt hatte! Martina bekam eine Gänsehaut, wenn sie an diese aufregenden Tage zurückdachte. Das war ein unbeschreibliches, nie gekanntes Gefühl gewesen!

Was wohl Joachim in diesem Augenblick machte? Martinas Herz fing an zu hämmern. Diese schreckliche Todesdrohung! War er überhaupt noch am Leben? Würde er das Wochenende überstehen? War Bettina bei ihm? Oder wusste Stefanie mehr? Sie musste es sofort erfahren! Beinahe in Panik rannte sie ins Wohnzimmer und packte ihr Telefon.

Stefanie nahm sofort ab. «Hey, mein Schatz, du schnaufst ja wie ein gehetztes Reh! Ist etwas passiert?»

«Das wollte ich *dich* fragen! Sag es mir sofort!»

«Beruhige dich bitte. Es ist alles in Ordnung hier. Ich kämpfe mich die Wege hoch und befrage die Forschenden. Ich genieße es total!»

«Und Joachim?»

«Ach so, seinetwegen rufst du an! Er muss irgendwo unterwegs sein, ich kann dir nicht sagen wo. Aber ich bin fast sicher, dass hier oben nichts passieren wird.»

«Deinen Optimismus möchte ich haben», erwiderte Martina mit brüchiger Stimme, «ich habe trotz allem Angst, die nackte Angst um sein Leben.»

Stefanie redete ihr noch eine Weile gut zu, vermochte sie aber nicht wirklich zu beruhigen.

Dieser Peter Rychner hat mich beeindruckt, dachte Stefanie, als sie ein weiteres Stück den Abhang hinauf gestiegen war. Neben seiner Tätigkeit als Sekundarlehrer verfolgt er mit Begeisterung sein Spezialgebiet, ohne sich um die Meinung anderer Leute zu scheren, die den Spinnenforscher wohl teilweise als Spinner ansehen.

Plötzlich sah Stefanie vor ihrem inneren Auge wieder die ganze Truppe von Wissenschaftlern auf der Hotelterrasse versammelt. Aber da waren heute Morgen noch drei weitere Hotelgäste herumgestanden, die offensichtlich nicht dazugehörten. Zwei Frauen und ein Mann. Könnten die etwa von der Kriminalpolizei sein? War Joachim doch noch vernünftig geworden und zur Polizei gegangen? Ja, Martina hatte etwas in diese Richtung erwähnt. Nur… Das würde Joachim doch keinen wirklichen Schutz bieten! Trotz aller Polizisten könnte doch irgendwo ein Krimineller auf ihn lauern. Aber einen Abschreckungseffekt würde es hoffentlich schon haben…

Stefanies Aufmerksamkeit wanderte zu einem älteren Mann, der auf der steilen Weide wild mit einem Fangnetz herumfuchtelte. Ach ja, ich weiß Bescheid, sagte sie sich. Das ist der alte Professor, der nicht mehr ganz richtig im Kopf sein soll. Sie näherte sich ihm ganz langsam.

«Herr Biland?»

«Ehm… Ja… Wer sind Sie?»

«Stefanie Dormann von der Presse. Ich möchte Sie gerne zu Ihrer Forschung hier befragen. Welche Tiere suchen Sie denn hier?»

«Ich? Nun…» Biland blickte eine Weile wie abwesend zu Boden. Dann streckte er den rechten Arm aus und zeigte damit rundum in die Weite. «Suchen? Nein, ich fange die Wanzen ein. Die Baumwanze, die Kohlwanze, die Feuerwanze, die Raubwanze, *Calicoris quadripunctatus, Pilophorus perplexus, Rhinocoris iracundus*…»

«Sehr schön, was Sie da alles entdecken», bestätigte Stefanie, «und was machen Sie mit den eingefangenen Wanzen?»

«Was machen mit ihnen?» Biland wischte sich die Hände an den Hosen ab und blickte unsicher in die Gegend. «Wie meinen Sie das?»

«Lassen Sie die Tiere hier wieder frei? Oder nehmen Sie sie mit?»

78

«Freilassen? Aber nein, ich muss sie doch noch genau bestimmen! Im Museumslabor, mit dem Mikroskop.»

«Das heißt, Sie bestimmen die Tiere im Labor, um zu wissen, welche Art es ist, und dann landen die Wanzen, aufgespießt und etikettiert, in Ihrer Sammlung?»

«Warum fragen Sie das? Ist das nicht klar?»

Stefanie musste sich zusammennehmen, um nicht aus der Haut zu fahren. «Doch, ja, es scheint absolut klar zu sein. Die Wanzen werden aufgespießt und etikettiert. Wozu auch immer...»

Ernst Biland hatte seiner Tasche ein Röhrchen entnommen und hielt es sich vor die Augen. «Ist sie nicht wunderschön? *Rhinocoris iracundus*. Oder ist es etwa doch *Pilophorus perplexus*?» Er tippte sich mit zwei Fingern an die Schläfe. «Warum bin ich plötzlich so unsicher? Wo ist verflixt nochmal mein Gedächtnis geblieben? Verdammt, ich wusste doch früher alles auswendig!»

Auf einmal wurde seine Miene ganz starr, und er hob abwehrend die Hände in die Höhe. «Schreiben Sie bloß nichts über mich, diesen alten Mann ohne Gedächtnis! Am besten verschwinden Sie jetzt. Sofort.»

Stefanie schrak zurück, murmelte einen Dank und machte sich wieder auf den Weg.

Barbara Manzoni und Paul Schwitter trafen sich, wie vereinbart, um sechzehn Uhr bei einem Felsen oberhalb des Hotels. Barbara zückte ihr Notizbüchlein und sprudelte sogleich los.

«Hier, sieh mal, Paul, meine Artenliste. In nur fünf Stunden habe ich so viele Vogelarten beobachtet wie kaum je zuvor. Darunter natürlich die üblichen Bergvögel, wie Steinschmätzer, Hausrotschwanz, Bergpieper, Baumpieper und Steinadler. Aber schau mal, was für Raritäten ich zusätzlich gefunden habe: Zitronenzeisig, Klappergrasmücke und Alpenbraunelle! Einfach phantastisch!»

«Ja, eine sehr schöne Liste», bestätigte Paul, «aber… Moment mal: Du hast mir doch immer gepredigt, Arten wie Bergpieper oder Steinschmätzer sähe man nur oberhalb der Waldgrenze?»

«Da hast du aber sehr gut aufgepasst, Paul! Du hast vollkommen recht. Nur: Ich *war* eben heute oberhalb der Waldgrenze.»

«Was, so hoch oben warst du? Das sind doch mindestens fünfhundert Höhenmeter von hier aus!»

Barbara war ihre Zufriedenheit anzusehen. «Ja, das habe ich geschafft, weil ich unbedingt auch die alpinen Arten kartieren wollte. Es war zwar heiß heute Morgen beim Aufstieg, aber du kennst ja meinen Willen. Wenn ich mir etwas vorgenommen habe, braucht es sehr viel, um mich davon abzuhalten. Und es hat sich gelohnt, wie du siehst.» Sie schwenkte die Artenliste durch die Luft.

Doch Paul zeigte keine Reaktion mehr.

«Paul, hörst du mir überhaupt zu?»

Er zuckte zusammen. «Oh… Entschuldige, ich war wohl in Gedanken…»

«Schatz, machst du dir immer noch Sorgen? Ich bin überzeugt, dass du nichts zu befürchten hast. Das Ganze ist so widersinnig.»

«Deinen Optimismus möchte ich haben!», spuckte Paul förmlich aus. «Ich habe schlicht und einfach Angst, verstehst du das nicht? So eine Drohung kann doch nicht aus dem luftleeren Raum kommen.»

Barbara legte ihm einen Arm um die Hüfte. «Ich kann deine Angst nachfühlen. Aber diese Anschuldigung gegen dich klingt so absurd, dass ich sie einfach nicht ernst nehmen kann. Denk doch mal nach: Der Vorwurf der Korruption ist dermaßen lächerlich, das Ganze *kann* nur ein böser Scherz sein. Ich bin fest davon überzeugt. Und jetzt zeig mir doch mal, was für Schmetterlinge du heute beobachtet hast.»

Paul gab sich offensichtlich Mühe, aber es verstrichen einige Augenblicke, bis er wieder einigermaßen ruhig war. «Du hast recht, Barbara, wir müssen positiv sein. Also sieh mal…»

80

Er zückte sein Handy und öffnete die Fotosammlung.

Barbara klickte die Fotos durch. «Sehr schön, Paul! Ich kenne zwar nicht alle Arten, aber die Ausbeute scheint mir reichlich groß.»

«Ja, ich darf zufrieden sein. Provisorisch sind es 78 Arten, wobei die Nachtschmetterlinge zuerst noch von den Spezialisten nachbestimmt werden müssen. Am Ende werden es wohl über 100 Arten sein.»

Barbara bemerkte, dass Paul schon wieder in seine Gedanken versank. Sie lehnte sich an seine Seite und bettete ihren Kopf in seine Halsbeuge. «Liebling!»

Paul strich mit der Hand über ihre schwarzglänzenden Haare, die sie heute zu einem Zopf geflochten hatte, und dann beugte er sich hinunter, bis seine Lippen beinahe ihr Ohr berührten.

«Ach, Barbara, wie liebe ich dich und wie brauche ich dich!», flüsterte er, und sie schaute voller Glück zu ihm hoch.

Auf der Hinreise im Zug hatte Elena Keller ihrer Freundin Iris König anhand der Spezialkarte gezeigt, welche Lebensräume in der Umgebung der Alp Schönegg zu finden waren. Es gab Nadelwälder, Buschgehölze, Tümpel, kleine Moore, feuchte Weiden, trockene Wiesen, nährstoffreiche Lägerstellen und steinige Abhänge. Dementsprechend war eine große Vielfalt an Pflanzenarten zu erwarten. Sie hatten sich dann geeinigt, wer welche Gebiete bearbeiten würde. Sicher wäre es schöner gewesen, zusammen botanisieren zu gehen, aber es war eindeutig effizienter, wenn sie getrennt arbeiteten. Sie hatten aber vereinbart, sich um sechzehn Uhr auf der oberen Wiese zu treffen, um ihre Beobachtungen zu diskutieren.

«Wie war dein Tag?», fragte Elena, als sie sich am vereinbarten Ort trafen.

«Gut, sehr gut», antwortete Iris. «Du hattest recht, die Flora hier oben ist wirklich außergewöhnlich reichhaltig. Ich habe mir schon mehr als zweihundert Arten notiert.»

Sie zog einen Plastikbeutel aus ihrem Rucksack und kippte den Inhalt auf ihre Windjacke. «Aber einige Gräser konnte ich nicht auf Anhieb bestimmen. Du hast mehr Erfahrung mit Gräsern als ich.»

Elena nahm das Büschel Gräser in die Hand und schaute sie der Reihe nach mit der Lupe von nahem an. «Nun, einige davon sind einfach zu erkennen. *Trisetum spicatum, Agrostis schraderiana, Poa cenisia*. Aber diese drei *Festuca*-Arten, da bin auch ich unsicher. Diese müssen wir zuhause noch unter dem Mikroskop anschauen, um sicher zu sein. Wie weit bist du denn heute nach oben gestiegen?»

Iris seufzte. «Leider nicht so weit, wie ich vorgehabt hatte. Fünfhundert Höhenmeter bis zur Waldgrenze, das schaffe ich doch, hatte ich gedacht. Aber nach der Hälfte habe ich umkehren müssen. Atemnot, verstehst du? Und dies eindeutig wegen meines Übergewichts! Wie lange versuche ich schon, meine überflüssigen Pfunde loszuwerden, aber ich kriege es einfach nicht hin!»

Elena nahm ihre Hand. «Weißt du, Ratschläge zum Abnehmen kann und will ich dir nicht geben, Iris. Aber vielleicht könntest du es schaffen, die Perspektive zu verändern. Wie man so schön sagt, eher das halbvolle Glas statt des halbleeren zu sehen. Überlegen wir doch mal: Was schlägt auf die positive Seite? Du bist gesund, du hast zuhause ein wunderbares Umfeld, du darfst einem interessanten Beruf nachgehen, du kannst die Alpenflora hier oben studieren. Was hingegen ist negativ? Du schaffst es nicht mehr, in flottem Tempo fünfhundert Höhenmeter zu bewältigen. Ist das wirklich eine Katastrophe? In der doppelten Zeit würdest du es schaffen, garantiert! Also, Kopf hoch!»

Ein Lächeln umspielte Iris' Gesicht. «Ja, aus dieser Perspektive betrachtet, darf ich zufrieden sein», sagte sie und drückte ihrerseits Elenas Hand.

82

«Ah, da kommt unsere Hofjournalistin hochgekraxelt», bemerkte Elena, «wir sollten ihr ein paar Pflänzchen zeigen können.»

Kurz darauf stand Stefanie vor ihnen und stellte sich vor.

«Ihr seid Botanikerinnen, wie ich vernommen habe», sagte sie nach der Begrüßung, «habt ihr speziell interessante Arten gefunden?»

«Oh ja», antwortete Iris, erhob sich und schaute sich um. «Sieh mal da, überall wachsen spannende Arten. Hier zum Beispiel der Alpen-Tragant mit seinen in blau und weiß feingemusterten Blüten, oder hier das Hahnenfuß-Hasenohr mit seinen kleinen hübschen Dolden, dann dort die imposante Straußblütige Glockenblume, und da vorne die leuchtend gelbe Großköpfige Gemswurz.»

«Und dort oben siehst du weiße Trichter-Lilien, auch Paradies-Lilien genannt», ergänzte Elena. «Und hier, praktisch auf dem nackten Felsen, steht ein Trauben-Steinbrech.»

«Ach so», sagte Stefanie, «dann hängt der Name Steinbrech damit zusammen, dass die Pflanze aus Rissen im Stein herauswächst?»

«Genau», antwortete Elena, «man nahm früher an, die Wurzeln hätten den Stein gespalten. Dabei war der Riss natürlich schon vorher da, und die Pflanze hat ihn nur ausgenutzt, um mit den Wurzeln Fuß zu fassen. Übrigens hat der Name noch eine zweite Bedeutung. Man dachte sich, wenn die Pflanze schon einen Stein zu spalten vermag, müsste sie auch Nieren- und Gallensteine heilen können. Nun ja, die Wirkung war wohl eher bescheiden.»

«Total spannend!», sagte Stefanie. «Und so beeindruckend, dass ihr alle diese vielen Pflanzen mit Namen kennt. Zum Glück habe ich mir einige Namen notiert, sonst wüsste ich bis zum Abend keinen einzigen mehr… Also dann, noch viel Erfolg!»

Bestens gelaunt machte sie sich wieder auf den Weg.

Lisa Tonelli war sehr zufrieden. Beflügelt vom herrlichen Sommerwetter, war sie während sechs Stunden ganz allein im Gelände rund um die Alp Schönegg unterwegs gewesen. Dabei hatte sie immer wieder mit ihrem Fangnetz Insekten eingefangen und diese dann in Kunststoffröhrchen geborgen. Ihr Spezialgebiet waren zwar die Schlupfwespen, aber natürlich waren ihr auch viele Insekten aus anderen Ordnungen ins Netz gegangen. Etliche Arten hatte sie spontan erkannt, andere würde sie noch zuhause unter dem Mikroskop bestimmen oder Spezialisten übergeben müssen.

Lisa verstaute ihre Beute im Hotelzimmer, duschte und zog sich um. Und jetzt verspürte sie großen Durst! Sie schlenderte zur Hotelterrasse, wo sie mit Erstaunen feststellte, dass sie offenbar als Erste vom Streifzug durch die Natur zurückgekehrt war. Kaum hatte sie in einem der bequemen Korbstühle Platz genommen, erschien ein Kellner.

«Haben Sie eines Wunsch, Madame?»

«Oh ja!», lächelte Lisa ihm zu, «meinen Durst zu stillen.»

Der Kellner stutzte einen Moment, fing sich aber sogleich wieder. «Sicher… Da es gibt viele, viele Möglichkeiten… Möchte sie etwas mit… oder ohne Alkohol?»

Lisa fand den Kellner auf Anhieb sympathisch. «Würden Sie mir Ihren Namen verraten und sagen, woher Sie kommen?»

Er strahlte sie an. «Ich heiße Luis Sanchez, ich komme von Sevilla, in Süden von España … jetzt nur vier Tage in Schweiz…»

«Dann ist also alles ganz neu für Sie: Die Berge hier, die Sprache, die Leute… Ich kann mir vorstellen, dass es nicht so einfach ist…»

«Ja… Nicht einfach… Aber ich keine Arbeit in España… So kommen hier, für gute Arbeit…»

«Also dann bringen Sie mir mal ein kleines Bier, aber schön kalt. Ich heiße übrigens Lisa.»

«Gerne, schöne Frau Lisa!»

Sie blickte dem Kellner mit einem Lächeln auf den Lippen nach. Es war keine Minute vergangen, als er wieder erschien und das Bier vor sie hin stellte.

«Ich wünsche Sie gute Appetit.»

Lisa bekam einen Lachanfall. «Entschuldigen Sie bitte», sagte sie, als sie sich wieder gefasst hatte, «ich will Sie keineswegs auslachen. Aber bei uns sagt man, wenn es um ein Getränk geht, niemals guten Appetit, das sagt man nur beim Essen. Am besten sagt man zum Wohl.»

«Oh je», sagte Luis erschrocken. «Also: Zum Wohl, schöne Frau!»

Lisa sah ihn herausfordernd an. «Sagen Sie eigentlich zu jeder weiblichen Person schöne Frau?»

Luis schien ein wenig verwirrt. «Aber nein! Ich immer meine ernst. Sie wirklich sind eine schöne Frau.»

«In dem Fall danke ich für das Kompliment. Sie sind Spanier, haben Sie gesagt. Was denken Sie denn über Italien?»

«Oh, Italia? Ist doch, sozusagen, Schwesterland von España, nicht wahr? Auch gutes Land. Und Leute auch schwarze Haare und dunkles Auge. Genau wie Sie, Lisa!»

«Sehen Sie! Mein Vater war eben Italiener, darum die schwarzen Locken. Aber leider habe ich nie Italienisch gelernt.»

«Aber ich muss besser lernen Deutsch. Absolut!»

«Das wird schnell kommen. Haben Sie denn eine Familie in Spanien zurückgelassen?»

«Nein, ich nicht habe geheiratet.»

«Nun, Sie als hübscher und netter junger Mann werden leicht eine Frau finden.»

Luis wurde mutiger «Vielleicht eine wie Sie, Lisa? Zum Wohl, schöne Frau!»

Lisa schenkte ihm ein Lächeln und erhob ihr Glas. «Danke für das Bier, Luis. Oh, meine Kollegen sind im Anmarsch.»

Sie winkte Max Opprecht und Ernst Biland zu, die mit geschulterten Insektenfangnetzen gerade die Terrasse betraten. Die beiden kamen auf sie zu und stellten ihr Gepäck neben den Tisch.

«So, wie war euer Tag?», fragte Lisa.

«Sehr gut», antwortete Max sofort, «die Insektenfauna hier im Gebirge ist offensichtlich noch weitgehend intakt. Was im Mittelland leider nicht mehr der Fall ist.»

«Und bei dir, Ernst?»

Ernst Biland schaute sich unruhig um, als suche er einen festen Anhaltspunkt. «Ehm... Was hast du gefragt? Meinst du mich?» Er packte eine Stuhllehne, zog sie zu sich hin, starrte eine Weile zu Boden, setzte sich auf den Stuhl und rückte diesen mühsam Stück für Stück gegen den Tisch vor. «Was hast du gefragt?» wiederholte er dann, zu Lisa gewandt.

«Hast du spannende Wanzenarten gefunden, Ernst?»

«Ach so, Wanzen... *Heteroptera*, meinst du? Ja, da hatte es einige sehr schöne Arten... Habe ich sie überhaupt eingepackt? Oder habe ich sie liegenlassen? Schade wäre das... *Calicoris quadripunctatus, Pilophorus perplexus, Rhinocoris iracundus*... Alles gefunden heute...»

«Ernst, was möchtest du trinken?», schaltete sich Max ein.

«Trinken... Ja, das wäre gut... Ein Bier?»

Max gab die Bestellungen durch. «Ja, es war ein erfolgreicher Tag», sagte er danach. «Auch die Käferfauna ist sehr reichhaltig hier oben. Und nicht etwa einfach zum Bestimmen! Wohl gegen fünfzig Arten muss ich zuhause nachbestimmen. Wer weiß, vielleicht ist sogar ein richtig seltener dabei?»

«Ja, auf Überraschungen hofft man immer», bestätigte Lisa. «Auch ich habe noch mindestens zwei Dutzend mir unbekannte Käfer eingepackt. Die darfst du dann ganz gemütlich in deinem Büro bestimmen... Oh, es ist schon halb sechs. Ich wollte noch meine Röhrchen sortieren vor dem Apero. Also bis bald!»

Lisa ließ die beiden Kollegen am Tisch zurück und verschwand im Haus.

86

Andreas Wagner traf kurz nach halb sechs auf der Alp Schönegg ein. Emma Kuonen empfing ihn in der Hotelhalle.

«Es ist alles in bester Ordnung, Andreas. Fiona und Massimo patrouillieren auf dem Gelände hin und her. Wir haben heute nochmals die gesamte Umgebung abgesucht, konnten aber nichts Verdächtiges feststellen, was auf einen Anschlag hindeuten könnte. Wie vereinbart, gehören wir einfach zu den Hotelgästen. Bis jetzt hat niemand danach gefragt.»

«Gut, Emma, ihr macht das ausgezeichnet! Dann gebe ich mir Mühe, auch zu den Gästen zu gehören...»

Um achtzehn Uhr stand auf der Hotelterrasse der Apero bereit. Nach und nach trudelten die Forscherinnen und Forscher ein, nahmen ein Glas Weißwein zur Hand, bedienten sich mit kleinen Häppchen und kamen schnell miteinander ins Gespräch. Man bewegte sich kreuz und quer durch das Gedränge, blieb mal hier, mal dort kurz stehen, um mit jemandem ein paar Worte zu wechseln, bevor man weiterging.

Während sich Emma, Fiona und Massimo diskret im Hintergrund hielten, versuchte Andreas Wagner die ihm bekannten Personen auszumachen. Zunächst sprach er kurz mit Franziska Obrist. Sie wirkte immer noch äußerst angespannt, aber er versicherte ihr, alles im Griff zu haben. Halbherzig dankte sie ihm und verschwand dann wieder in Richtung Küche. Andreas sah sich suchend um. Aha, dort hinten stand er ja! Auf direktem Weg eilte er zu Paul Schwitter.

«Paul! Wie lange ist das her, dass wir im Rahmen der *Bernensia* zusammengekommen sind! Lass uns anstoßen!» Andreas hob sein Weißweinglas.

«Zum Wohl!», entgegnete Paul. «Ja, das waren noch Zeiten! Und während ich bei der Bundesverwaltung langsam aber sicher versauere, hast du Karriere bei der Kripo gemacht. Kompliment, Andreas!»

Er wies auf die neben ihm stehende Frau. «Darf ich dir meine Partnerin Barbara Manzoni vorstellen? Sie ist in die Vögel vernarrt, während ich hauptsächlich ihre kleinen Verwandten, die Schmetterlinge, beobachte.»

Auch Andreas und Barbara ließen die Gläser aneinander klingen.

«Nun, leider kenne ich mich weder mit Vögeln noch mit Schmetterlingen aus», bemerkte Andreas bedauernd.

«Wohl eher mit Fingerabdrücken, genetischen Analysen und Verhörmethoden?», scherzte Barbara und strich sich mit gespreizten Fingern durch ihre schwarzglänzenden Haare, die sie jetzt offen trug.

«Berufsbedingt zwangsläufig», bestätigte Andreas. «Übrigens ist alles in Ordnung», flüsterte er dann Paul zu, «wir haben keinerlei Hinweise auf ein bevorstehendes Ereignis.»

«Ein ganz schwacher Trost», flüsterte Paul zurück, «damit bin ich noch lange nicht beruhigt.»

Paul zog Andreas ein Stück von den anderen weg. «Weißt du, Andreas, ich habe unglaublich lange hin und her überlegt, woher denn dieser Vorwurf mit der Korruption kommen könnte.»

«Aber Paul! Soweit ich informiert bin, wäre solch ein Vorwurf an dich doch geradezu absurd!»

Paul wischte sich mit einem Taschentuch den Schweiß von der Stirn. «Genau das habe ich doch auch gedacht! Aber nach meinem ganzen Grübeln bin ich mir eben nicht mehr so sicher. Es hat da mal eine heikle Situation gegeben…»

«Es wird dir nichts geschehen», beschwichtigte Andreas und klopfte ihm sachte auf die Schulter, «davon bin ich überzeugt. Kopf hoch! Und ich wünsche dir noch einen angeregten Abend.»

Dann schlenderte Andreas eine Weile ziellos kreuz und quer durch die plaudernde Menge.

Irgendwann traf er auf Joachim Seidler, der sich angeregt mit Max Opprecht unterhielt.

«Ja gibt's denn so was?», rief Joachim überrascht aus. «Der Andreas Wagner ist unter uns, das freut mich aber! Du entschuldigst mich kurz, Max?»

88

Joachim zog Andreas ans Ende des langen Tisches, wo es etwas ruhiger war.

«Andreas, altes Haus! Ewig nicht gesehen! Aber die Bande unserer *Bernensia*, die halten ewig, man vergisst sich niemals, egal, wohin einen die Lebenswege führen, nicht wahr! Komm, lass uns anstoßen!»

Sie stießen mit ihren Weißweingläsern an und bedienten sich aus den Schälchen mit Nüssen und Chips.

«Also ehrlich gesagt», fuhr Joachim fort, «ich kann es kaum glauben. Andreas, der junge, ehrgeizige, blitzgescheite Anwalt von damals. Ich wäre jede Wette eingegangen, dass du Karriere als Strafverteidiger machen würdest. Und jetzt: Chef der Kripo! Aber warum eigentlich nicht? Das ist schließlich auch ein wichtiger Posten.»

«Eben!», antwortete Andreas in leicht gereiztem Ton. Er hatte keinerlei Lust, jetzt näher auf seine Lebensgeschichte einzugehen.

«Etwas Neues punkto Bedrohungslage?», raunte Joachim ihm jetzt zu. «Irgendwo Gefahr in Sicht?»

Andreas schüttelte den Kopf. «Keinerlei Anzeichen in dieser Richtung. Wir überwachen alles. Lückenlos.»

«Dann sollte ich ja beruhigt sein», entgegnete Joachim, «aber ich bin es trotzdem nicht. Ganz ehrlich gesagt, ich habe Angst.»

«Das kann ich schon nachfühlen», erwiderte Andreas, «aber mehr können wir einfach nicht tun. Sei unbesorgt. Ich verziehe mich bald wieder und fahre nach Hause. Euch wünsche ich einen schönen Abend. Und wie gesagt: Meine Leute sind präsent.»

Andreas nahm sein Glas, trank es aus und schlenderte in Richtung Ausgang.

Ein Gong erklang. Das war das Zeichen zum Abendessen. Im Speisesaal waren vier lange Tische aufgedeckt, die sich rasch füllten. Die Speisekarte kündigte ein exklusives Menu aus vier Gängen an, und dazu waren drei verschiedene Weine vorgesehen. Max Opprecht als Hauptorganisator hatte wirklich an alles gedacht!

Reges Geplauder füllte den Saal, als die Vorspeise serviert wurde und man nochmals mit dem Walliser Weißwein anstieß. Für einige Minuten wurde es dann deutlich ruhiger, als man sich dem geräucherten Lachs mit Zwiebeln, Kapern und Meerrettichschaum widmete. Auch die vegetarische Variante, mit einem Randen-Carpaccio anstelle von Lachs, hatte guten Anklang gefunden. Aber bald schon ging das muntere Geplauder erneut los.

Als die Teller leer waren, kamen Carla Costello und Luis Sanchez zum Abräumen. Als nächstes stand eine erntefrische Spargelcremesuppe auf dem Menu. Nun ja, für Puristen war die Spargelsaison abgehakt. Nach dem Johannistag, dem 24. Juni, sollte man ja eigentlich keine Spargeln mehr ernten. Aber die meisten waren sich einig, dass man auch vier Tage später noch eine frische Suppe aus diesem köstlichen Gemüse genießen durfte. Dazu wurde ein französischer Rosé serviert.

Eine halbe Stunde später erschienen dann Carla und Luis mit dem Hauptgang. Man hatte die Wahl zwischen einem Schweinsbraten mit Kartoffelstock und einem Linsencurry mit Süßkartoffeln. Dazu gab es ein schönes Gemüsebouquet. Der Geräuschpegel im Saal sank wieder merklich, als man sich dem Essen und dem apulischen Rotwein zuwandte.

Emma, Fiona und Massimo speisten, etwas abseits, an einem Tisch in der Ecke des Saales. Sie sprachen nur wenig miteinander, ihre Unruhe war offensichtlich. Immer wieder ließen sie ihren Blick über die Gästeschar schweifen. Würde heute Abend noch etwas passieren? Oder erst morgen? Oder gar nicht? Bis jetzt hatte es nicht die geringsten Anzeichen für einen Anschlag, in welcher Form auch immer, gegeben.

Etwa zehn Minuten waren verstrichen, und die meisten Teller waren unterdessen leer. Plötzlich durchschnitt ein Schrei die Luft. Ein Hilfeschrei! Das Geplauder verstummte augenblicklich, und alle starrten zum hintersten Tisch. Ein Gast hatte sich halbwegs erhoben, stützte sich mühsam auf den Tisch und stammelte einige unverständliche Worte. Plötzlich schrie er nochmals durchdringend um Hilfe und begann dann, unkontrolliert zu husten und zu würgen. Schließlich röchelte er nur noch leise vor sich hin. Plötzlich kippte er seitlich um, versuchte vergeblich, sich am Tischtuch festzukrallen, riss einige Teller und Gläser mit sich, schlug hart auf dem Boden auf und blieb, nur noch leise röchelnd, liegen.

Seine Tischnachbarn waren entsetzt zurückgewichen. Aber jetzt, wo er regungslos am Boden lag, kamen sie wieder näher, aber niemand traute sich vorerst, ihn anzufassen.

Da bahnte sich Carla Costello energisch einen Weg durch die Menge, ging neben dem Ohnmächtigen auf die Knie, fasste sein Handgelenk und hielt ein Ohr vor seinen Mund. «Gottseidank, er atmet und hat Puls! Ist denn kein Arzt hier? Sofort die Notrufnummer!»

Emma Kuonen hatte, während Carla noch am Boden kniete, ihr Handy gezückt und den Notruf alarmiert.

«Die Rettungsflugwacht ist unterwegs», rief sie Carla zu, «bitte betreuen Sie den Mann solange weiter.»

Emma stapfte in den Flur hinaus. «Verdammt, verdammt», stieß sie mehrmals hintereinander aus. «Wie konnte das nur passieren? Das darf doch nicht wahr sein! Genau dies wollten wir verhindern! Mist!»

Fiona war ihr gefolgt und legte vorsichtig eine Hand auf ihre Schulter. «Versuche bitte, dich ein wenig zu beruhigen, Emma. Noch ist alles offen. Erschossen wurde der Mann jedenfalls nicht, das hätten wir auf jeden Fall mitbekommen. Und physisch angegriffen wurde er auch nicht, das hätten wir bestimmt gesehen. Und er lebt ja noch, es gibt also Hoffnung.»

«Darauf gebe ich nicht viel.» Emma konnte kaum aufhören, ihren Ärger kundzutun. Sie ballte die Fäuste. «Also, was ist eigentlich genau passiert, was wissen wir jetzt schon darüber? Offenbar ist der Mann direkt am Tisch, inmitten der ganzen Menge,

91

kollabiert, ohne dass ihn jemand zuvor angegriffen hat. Andernfalls wäre doch der Angreifer bestimmt von jemandem gestoppt worden. Was bedeutet das für uns?»

Fiona packte Emmas Handgelenk. «Ich glaube, es kommt nur eine Vergiftung in Frage.»

«Eine gute Idee. Und wie hätten wir das denn verhindern können?»

«Nein, verhindern hätten wir es wohl kaum gekonnt. Aber wir können *jetzt* etwas tun.»

«Wie bitte?»

«Natürlich sofort den Abwasch und die Küchenreinigung stoppen! Falls unsere Vermutung zutrifft, und falls es sich um ein relativ schnell wirkendes Gift handelt, müssten doch noch irgendwo Giftspuren sein. Auf den Tellern oder in den Gläsern oder so.»

«Gut kombiniert, Fiona!»

Emma machte kehrt und eilte zurück zu Carla, die neben dem Bewusstlosen stand. «Ich habe eine dringende Bitte an Sie. Damit keine Spuren vernichtet werden, müssen wir sämtliches Geschirr, das heute Abend verwendet wurde, einfach so stehen lassen, bis unser Spurensicherungsdienst hier eintrifft. Das wird wohl erst morgen früh der Fall sein. Nichts darf bis dahin angefasst oder abgewaschen werden. Aber auch gar nichts.»

Carlas Miene drückte keine Freude aus. «Alles einfach stehen lassen, wirklich alles? Auch die Sachen vom Apero?»

«Ja, alles. Wir haben es höchstwahrscheinlich mit einem Mord zu tun.»

«Oh je! Ja dann… Zum Glück hatten wir vor dem Essen keine Zeit mehr, die Sachen vom Apero wegzuräumen. Das wäre sonst alles schon abgewaschen!»

«Da haben wir tatsächlich großes Glück. Ich danke Ihnen, Carla.»

92

Kaum fünfzehn Minuten später waren knatternde Laute zu hören, die sich rasch verstärkten. Alle Leute waren inzwischen auf die Terrasse getreten und verfolgten gebannt die Landung des Helikopters der Rettungsflugwacht auf einer runden, ebenen Fläche, keine fünfzig Meter unterhalb des Hotels. Das Knattern wurde schwächer, der starke Wind flaute ab. der Rotor kam nach und nach zum Stehen.

«Ich kann es kaum glauben, wie schnell das gegangen ist», sagte Iris König zu Elena Keller, die neben ihr stand.

«Da ist allerdings auch Glück dabei gewesen, insofern Interlaken, einer der Stützpunkte der Rettungsflugwacht, nur wenige Kilometer von hier entfernt liegt.»

«Ach so, das wusste ich nicht.»

Während der Pilot im Hubschrauber blieb, stiegen zwei Rettungssanitäter aus. Sie trugen große Rucksäcke sowie eine Bahre und eilten dem Hotel zu, gefolgt von einer neugierigen Menschentraube. Die Untersuchung des bewusstlos am Boden liegenden Mannes dauerte nur wenige Sekunden. Dann legten sie ihn auf die Bahre, stülpten ihm eine Sauerstoffmaske über und steckten ihm eine Infusion in die Armbeuge. Ohne ein einziges Wort an die umstehende Menge zu richten, trugen sie den Mann zum Helikopter zurück.

«Aber… Was ist jetzt mit ihm?», stotterte Carla Costello. «Wird er überleben?»

Franziska Obrist war neben sie getreten und legte ihr sanft eine Hand auf die Schulter. «Das liegt nicht mehr in unseren Händen. Lassen wir die Fachleute ihre Wunder versuchen.»

Und schon fing das ohrenbetäubende Geknatter des Helikopters wieder an. Immer noch fassungslos, verfolgten beinahe fünfzig Augenpaare seinen Flug in die beginnende Dämmerung hinein.

Die tiefstehende Sonne tauchte die wenigen, flachen Wolken in ein märchenhaftes Licht, mit einem Farbton irgendwo zwischen Lila und Violett, und während das Tal unten schon ganz im

Schatten lag, leuchteten die schneebedeckten Gipfel noch in einem kräftigen Rosarot. Doch dieses Wunder der Natur vermochte die Herzen der Menschen auf der Schönegg im Augenblick nicht zu berühren.

Franziska Obrist fühlte, wie ihr Herz gegen die Brust hämmerte, und wie ihr die Schweißtropfen die Bluse durchnässten. Am liebsten hätte sie sich jetzt in ihrem Zimmer verkrochen und ihren Tränen freien Lauf gelassen. Was für ein Unglück, ausgerechnet hier in ihrem Hotel! Was ist überhaupt passiert?, fragte sie sich. Weshalb hatte sich die Bedrohung, die sie selber so sehr gefürchtet hatte, jetzt gegen jemand anderen gerichtet? War *er* etwa ebenfalls bedroht worden? War sie selbst immer noch gefährdet? Diese Angst musste sie im Moment verdrängen. Nein, sie hatte keine Wahl. Sie musste jetzt die Initiative ergreifen und diesen grauenvollen Abend irgendwie zu Ende bringen. Sie atmete dreimal tief durch, gab sich einen Ruck und stellte sich in eine Ecke des Speisesaals. Die meisten Hotelgäste waren unterdessen zurückgekommen, und der Lärmpegel war wieder markant angestiegen.

Franziska brachte zwei Weingläser zum Klingen, um sich Aufmerksamkeit zu verschaffen. Das Signal zeigte Wirkung, es kehrte sofort Ruhe ein. Eine beinahe gespenstische Ruhe. Das Unheil lastete wie eine dunkle Wolke über der Gesellschaft, das Entsetzen saß allen noch bleischwer in den Knochen.

«Meine lieben Gäste», begann Franziska, und ihre Stimme bröckelte wie eingetrockneter Sand. «Ein geschätzter Kollege von uns ist, aus heiterem Himmel heraus und aus einem Grund, den wir noch nicht kennen, zusammengebrochen. Er lebt noch, und die Fachleute werden alles tun, um ihn zu retten. Sein Schicksal liegt jetzt nicht mehr in unserer Macht. Hoffen wir gemeinsam auf seine Genesung. Ich...»

Sie musste ein Taschentuch hervorziehen und sich die Tränen aus den Augen wischen.

«Ich… Verzeiht mir, ich fühle mich gerade etwas überfordert, mir fehlen die Worte… Wie soll dieser Abend, der so schön begonnen hat, weitergehen? Die Nachspeise, Kaffee und Digestifs stehen in der Küche bereit. Aber selbstverständlich kann jeder und jede frei für sich entscheiden, das Essen abzubrechen.»

Sie musste sich erneut die hervorquellenden Tränen abwischen. «Ich danke für euer Verständnis. Und sobald ich Neuigkeiten habe, werde ich euch sofort orientieren.»

Der Anruf kam um viertel vor neun.

Die Sonne war unterdessen hinter dem Eggspitz verschwunden. Jetzt leuchteten nur noch wenige Wolken in einem zarten Rosa, die übrigen schimmerten lediglich schwach in einem bläulichen Grauton. Der Westhimmel war noch aufgehellt, während im Osten schon die ersten Sterne zu sehen waren.

Franziska nahm den Anruf in ihrem Büro entgegen, und danach blieb sie eine kleine Ewigkeit vor ihrem Telefon sitzen. Die Gedanken schwirrten unkontrolliert in ihrem Kopf herum. Was war mit diesem Drohbrief wirklich gewesen? Hatte auch *er* einen solchen erhalten? War sie selbst jetzt immer noch in Gefahr? Nein, Panik war jetzt fehl am Platz, sagte sie sich. Als Direktorin musste sie die Situation meistern und souverän auftreten, das gab es kein Ausweichen. Sie gab sich einen Ruck, verließ ihr Büro und ging zum Speisesaal hinunter.

Zu ihrer Erleichterung stellte sie fest, dass die Tische noch komplett besetzt waren. Niemand hatte sich also schon zurückgezogen. Soeben waren der Kaffee und die Digestifs serviert worden.

Als Franziska eintrat, wurde es innert Sekunden vollkommen still im Saal. Die Spannung in der Luft war beinahe greifbar. Ahnten die Menschen, was auf sie zukam?

«Meine lieben Freunde», begann Franziska, «leider ist doch der schlimmstmögliche Fall eingetreten. Unser geschätzter Kollege,

Joachim Seidler, ist von uns gegangen. Die Todesursache festzustellen, liegt jetzt in den Händen der Rechtsmedizin. Ja, Max?»

Max Opprecht war aufgestanden. Er beugte sich etwas nach vorne und knetete unruhig seine Hände.

«Liebe Kolleginnen und Kollegen», begann er, «der diesjährige Tag der Artenvielfalt hat so harmonisch und optimistisch begonnen. Und jetzt ist etwas vollkommen Unerwartetes und Furchtbares geschehen. Unser geschätzter Kollege und Freund wurde uns, in der Blüte seines Lebens, plötzlich entrissen. Wir stehen alle fassungslos vor dem Unerklärlichen. Und es stellt sich uns die Frage, ob wir diese Veranstaltung wie geplant weiterführen, oder ob wir sie offiziell für abgebrochen erklären sollen. Ich habe mir eine Meinung gebildet, aber ich möchte die Mehrheit entscheiden lassen. Wer stimmt für den Abbruch?»

Die allermeisten Hände gingen in die Höhe.

«Danke», fuhr Max fort, «dann erkläre ich hiermit die Veranstaltung offiziell für beendet. Aber ich nehme an, dass niemand noch heute Nacht heimfahren will. So werden wir morgen noch gemeinsam frühstücken, und jede und jeder kann dann frei entscheiden, noch weiter sammeln zu gehen oder gleich abzureisen. Natürlich wird es wie immer einen Schlussbericht über die gefundene Artenvielfalt geben. Diesen Bericht werden wir unserem Kollegen Joachim Seidler widmen.»

Ein verhaltener Applaus ebbte rasch wieder ab.

«Einen Moment noch, bitte! Alle mal herhören!»

Sämtliche Köpfe drehten sich nach der Frau um, die neben der Tür zum Saal stand.

«Guten Abend», sagte sie laut. «Mein Name ist Emma Kuonen, ich bin Kommissarin der kantonalen Kriminalpolizei. Weil die Polizei Hinweise erhalten hat, die auf ein mögliches Risiko bei dieser Veranstaltung hingedeutet haben, sind wir zu dritt hierher gekommen, um die... ehm... Sicherheit aller zu gewährleisten.»

Im Saal erhob sich ein anschwellendes Gemurmel. Emma Kuonen beendete es schnell durch Handerheben.

«Zu meinem großen Bedauern ist uns dies nicht gelungen, obwohl wir ein detailliertes Sicherheitsdispositiv erarbeitet und alles minutiös abgesucht hatten. Wahrscheinlich wäre es unmöglich gewesen, diesen tragischen Todesfall zu verhindern. Trotzdem bleibt es eine Tatsache: Die Polizei hat hier ein Stück weit versagt. Erst die Auswertung der Spuren und die Obduktion werden uns darüber Auskunft geben, was wirklich passiert ist. Aber leider müssen wir schon jetzt davon ausgehen, dass euer geschätzter Kollege keines natürlichen Todes gestorben ist. Wir werden alles daran setzen, die Verantwortlichen zu finden.»

Wiederum schwoll das Gemurmel im Saal an, und Emma musste es diesmal länger gewähren lassen. Einige Worte, die besonders laut geäußert wurden, konnte sie aufschnappen, und die machten ihr keine Freude.

«Unerhört... Skandal... Versagen der Polizei... Hätte man absagen müssen... Unfähigkeit... Beschwerde...»

Mit aller Kraft versuchte Emma, diese Vorwürfe an sich abprallen zu lassen, trotzdem drangen sie ihr mitten ins Herz. Mit ein paar tiefen Atemzügen versuchte sie, sich zu entspannen.

Und irgendwann kehrte von selber wieder Ruhe im Saal ein. «Also, Leute», fuhr sie fort, «wir von der Kriminalpolizei sind verpflichtet, alles zu unternehmen, das zur Klärung der Umstände beitragen könnte. Wir werden von allen Personen, die heute auf der Alp Schönegg sind oder waren, die Personalien aufnehmen und ihnen die eine oder andere Frage stellen. Ich bitte Sie deshalb, sich ab sofort bereit zu halten. Das gilt auch für das heute anwesende Hotelpersonal. Selbstverständlich dürfen Sie ihren Kaffee in aller Ruhe genießen. Und was äußerst wichtig ist: Lassen Sie alles auf den Tischen einfach stehen. Morgen früh wird unser Kriminaltechnischer Dienst hier die Spuren sichern.»

Dann stellte sie Fiona Albrecht und Massimo Albano vor, die soeben den Saal betreten hatten.

97

«Wir drei werden die Befragungen jetzt unter uns aufteilen», fuhr sie fort. «Falls jemandem nachträglich noch etwas einfällt, rufen Sie mich bitte am Montag in meinem Büro an. Die Nummer unserer Telefonzentrale finden Sie in jedem Telefonbuch.»

Emma, Fiona und Massimo setzten sich je an einen kleinen Tisch in einer Ecke des Saales. Nach und nach erhoben sich jetzt die Anwesenden, kamen zu einem von ihnen, gaben ihre Personalien bekannt und ließen die kurze Befragung über sich ergehen. Nach einer Stunde war die Prozedur vorüber. Gäste und Personal zogen sich allmählich zurück oder setzten sich zu einem Schlummertrunk auf die Terrasse.

Emma fühlte sich enttäuscht und zermürbt. Sie hatten kaum etwas Neues erfahren. Niemand wollte auch nur irgendetwas Ungewöhnliches bemerkt haben, weder beim Apero noch während des Essens. Immerhin hatten sie jetzt den Überblick, wer heute auf der Schönegg anwesend war. Aber... War darunter auch der mutmaßliche Mörder? Oder war alles ganz anders abgelaufen? Dies würde man frühestens mit Bekanntgabe der kriminaltechnischen Resultate beurteilen können. Emma hatte ihre ganze Überzeugungskraft gebraucht, um dem Chef des Kriminaltechnischen Dienstes plausibel zu machen, dass alles auf einen Mord hindeute und es deshalb zwingend notwendig sei, dass seine Leute gleich am Sonntag früh ihre Arbeit auf der Schönegg aufnehmen würden.

«Guten Abend Andreas! Sorry für den späten Anruf!»

Emma hatte es nicht mehr ausgehalten, sie musste ihren Chef unbedingt über die dramatische Entwicklung auf der Alp Schönegg informieren.

«Wer hätte das gedacht? Kaum eine Stunde, nachdem du zurück ins Tal gefahren bist, ist einer der Teilnehmer kollabiert. Die Rettungsflugwacht hat ihn noch lebend mitnehmen können, aber nach der Einlieferung ins Spital Interlaken ist er leider verstorben. ... Ich persönlich vermute eine Vergiftung, aber das ist bis

98

jetzt nur Spekulation. Ich habe den Kriminaltechnischen Dienst bereits aufgeboten, die Leute werden morgen früh hier sein. ... Selbstverständlich, das habe ich ebenfalls veranlasst. Alle Anwesenden haben wir erfasst und kurz befragt. Leider will niemand etwas Ungewöhnliches bemerkt haben. ... Da bin ich gleicher Meinung wie du. Es macht keinen Sinn, weitere Befragungen durchzuführen, solange wir nicht mehr wissen über die Umstände des Todes. Dann fahren wir also morgen Vormittag nachhause, und wir sehen uns am Montagmorgen auf dem Revier... Danke, auch dir einen geruhsamen Sonntag, Andreas!»

Bettina Faber war, nachdem sie den Helikopter mit dem bewusstlosen Joachim hatte abfliegen sehen, schluchzend zusammengebrochen. Stefanie Dormann hatte sie zurück ins Hotel begleitet, dafür gesorgt, dass sie sich in einem Nebenraum auf ein Sofa hinlegen konnte und ihr ein mildes Beruhigungsmittel verabreicht. Dann war Stefanie in ihr Zimmer gegangen und hatte Martina angerufen. Die Situation kam beiden Frauen irgendwie gespenstisch vor, und es fielen am Telefon nur wenige Worte, durchsetzt von langen Pausen. Martina nahm die Hiobsbotschaft scheinbar ganz gefasst entgegen. Es war für sie ein Schock, aber gleichzeitig fühlte sie eine Art von Befreiung. Es gab nichts daran zu rütteln: Dieser mutmaßliche Mord war eine Tragödie, ein unmenschlich grausamer Akt, mit dem sie selber den Ehemann und ihre Söhne den Vater verloren. Auf der anderen Seite standen der lange gehegte Wunsch nach einer Scheidung, die jetzt der Tod vorwegnahm, und das zunehmende Verlangen der beiden Frauen, noch enger zusammenzufinden. Aber bei diesem Telefongespräch fühlten sich Martina und Stefanie wie gelähmt. Es gab einfach keine Möglichkeit, die Emotionen wirklich sichtbar zu machen. Stefanie versprach, gleich morgen früh heimzufahren und Martina in allen Belangen zu unterstützen. Sie beendeten das Telefonat im Wissen, dass wohl beide kaum Schlaf finden würden.

Gegen zehn Uhr ging Stefanie nochmals hinunter, um nach Bettina zu sehen und ihr die traurige Todesnachricht zu überbringen. Aber Bettina schlief ganz tief und war nicht richtig wach zu kriegen. Zuerst wunderte sich Stefanie darüber, bis sie dann die leere Weinflasche in der Ecke entdeckte. Sie holte bei der Direktorin die Erlaubnis ein, Bettina auf dem Sofa weiterschlafen zu lassen, ging zurück in ihr Zimmer und legte sich schlafen.

Kurz vor Mitternacht erwachte sie, und sofort kam ihr wieder Bettina in den Sinn. Sie zog sich einen Pullover über und fuhr mit dem Lift hinunter. Bettina wurde sofort wach, als Stefanie ins Zimmer trat, und richtete sich ruckartig auf.

«Stefanie! Was ist denn los? Warum liege ich auf diesem Sofa und nicht in meinem Bett? Warum bin ich immer noch bekleidet? So etwas ist mir noch nie passiert! Habe ich etwa zu viel getrunken?»

Sie strich sich mit den Fingern durch ihre wirren Haare. «Oh je, jetzt erinnere ich mich langsam. Der Helikopter mit Joachim… Stefanie, bitte sag mir die Wahrheit! Sag es! Sofort!»

Stefanie setzte sich eng neben sie und legte einen Arm um ihre Taille.

Plötzlich schlug Bettina ihre Hände vor das Gesicht. «Nein! Stopp! Sag nichts! Ich weiß alles! Sag kein Wort!»

Dann schüttelte sie ein Schluchzer durch. Sie warf sich Stefanie an die Brust und ließ ihre Tränen fließen.

Sonntag, 29. Juni

Carla Costello wälzte sich in ihrem Bett hin und her. An Einschlafen war nicht zu denken, so bleischwer lastete die Aufregung des Abends noch auf ihr. Immerzu stand ihr das Bild des röchelnd am Boden liegenden Mannes vor Augen. Es ging das Gerücht um, er sei wahrscheinlich vergiftet worden. Aber wo und wie hatte er bloß das Gift geschluckt? War es aus der Hotelküche gekommen? Das wäre eine Katastrophe! Aber vielleicht hatte es mit dem Service überhaupt nichts zu tun. Hoffentlich! Die Kommissarin hatte alle Anwesenden gefragt, ob ihnen an diesem Abend irgendetwas Ungewöhnliches aufgefallen sei. Es könne eine Kleinigkeit sein, ein Verhalten, eine Bemerkung, eine Handbewegung, ein Blick, irgendetwas, das man nicht als normal wahrgenommen habe. Carla ging den Abend vor ihrem geistigen Auge nochmals durch, zum wievielten Mal schon? Hatte sich irgendeiner von den Gästen ungewöhnlich verhalten? Aber es kam ihr nichts in den Sinn, und irgendwann schlief sie doch noch ein.

Als sie erwachte, war es fünf Uhr. Einzelne Vögel hatten bereits angefangen zu singen, und der erste zarte Hauch der Morgendämmerung breitete sich im Zimmer aus. Sie blieb noch eine Weile ruhig liegen und genoss die friedliche Stimmung. Aber bald kamen wieder die Bilder des gestrigen Abends hoch. Sie ließ diese im Halbschlaf langsam vorübergleiten, ohne sich an Einzelheiten festzuklammern.

Plötzlich zuckte sie zusammen. Da war doch etwas! Sie versuchte, das innere Bild scharf zu stellen. Nach und nach zeigten sich zwei Personen. Sie tranken und redeten zusammen, wie alle anderen bei diesem Apero auch. Was sollte denn dabei sein? Aber etwas war falsch, etwas passte nicht zusammen! Es musste irgendwie mit den Weingläsern zu tun haben. Aber was? Sie konnte doch nicht zur Polizei gehen und behaupten, etwas passe nicht zusammen, ohne genauer zu werden! Vergeblich versuchte sie, das geistige Bild nochmals in den Fokus zu bekommen. Es gelang ihr nicht. Stattdessen dämmerte sie weg.

Als sie kurz nach sechs Uhr wieder wach wurde, kamen ihr die nächtlichen Gedanken wie unwirkliche Schatten vor. War sie überhaupt wach gewesen dabei? Jedenfalls hatte sie an Weingläsern herumstudiert. Aber weshalb bloß? Je mehr sie sich zu erinnern versuchte, desto durchsichtiger wurden die Bilder und verschwanden bald ganz.

Carla wand sich aus den zerwühlten Bettlaken heraus und ging ins Bad. Dann zog sie ihre Arbeitskleidung an und setzte sich vor den Schminkspiegel. Doch ihre Gedanken schweiften schon wieder ab. Bald blieben sie bei ihrem Arbeitskollegen Luis hängen. Klar, sie hatte schon am ersten Morgen gemerkt, dass sie ihm gefiel. Und es war offensichtlich, dass seine Gefühle ihr gegenüber von Tag zu Tag gewachsen waren. Sie musste anerkennen, dass er trotz seiner Verliebtheit stets professionell geblieben war. Und sie selber hatte bewusst alles daran gesetzt, ihm keinerlei zustimmenden Signale zu senden.

So weit, so gut. Sie war die Chefin, er der Untergebene. Aber was sagten denn ihre eigenen Gefühle? Sie versuchte, tiefer in sich hineinzuhören. Ja, Luis war zweifellos ein sehr sympathischer Mensch. Er wirkte seriös, wusste sich zu benehmen und ließ dabei trotzdem seine inneren Empfindungen durchblicken. Und er sah ausgesprochen gut aus! Also ihr Traummann? Er war fünf Jahre jünger als sie, aber das müsste ja kein Hindernis sein. Wäre es vorstellbar…? Carla lächelte in sich hinein. Nein, so schnell ging es bei ihr nicht. Allzu oft war sie von Männern enttäuscht worden. Immerhin war es ihr jedes Mal, wenn sie in einer unbefriedigenden Beziehung festgesteckt war, gelungen, rechtzeitig die Reißleine zu ziehen. Rechtzeitig, bevor sich ein Heiratsantrag oder gar ein Kind ankündigte… Nach all diesen Erfahrungen hielt sich Carla strikt an ihre Regel, am Anfang sehr zurückhaltend zu bleiben. Aber mit Luis, ja warum nicht, dachte

102

sie, später vielleicht, würde sie es eventuell doch mit ihm versuchen? Wer weiß?

Die Kirchturmuhr im Tal unten schlug sieben. Carla schrak aus ihren Träumereien auf. Jetzt wurde es aber höchste Zeit, um sich zu schminken!

Mit der ersten Luftseilbahn, um sieben Uhr zehn, trafen drei Männer vom Spurensicherungsdient auf der Alp Schönegg ein. Emma empfing sie und führte sie durch die Räumlichkeiten. Auf der Hotelterrasse, im Speisesaal und in der Küche, überall stand gebrauchtes Geschirr in rauen Mengen herum.

«Wie bitte?», rief einer der Männer aus. «Das habe ich wohl falsch verstanden, Emma? Du wolltest bestimmt nicht sagen, dass wir *sämtliche* dieser zehntausend Stücke mitnehmen und untersuchen müssen?»

Emma schaute ihn streng an. «Wollt ihr dazu beitragen, einen kaltblütigen Mord aufzuklären, oder wollt ihr es nicht? Wir halten einen Giftmord für wahrscheinlich, haben aber noch keine Ahnung, um welche Substanz es sich handelt und wo wir Spuren davon finden könnten. Zudem müssen wir unbedingt sämtliche Fingerabdrücke und alles Genmaterial sichern. Natürlich wäre es für euch einfacher gewesen, hier an Ort und Stelle Proben zu nehmen und das Geschirr dann hier zu lassen. Aber ich muss es klar sagen, das Risiko, dabei eine Spur zu verpassen, wäre mir zu groß. Und so eine verpasste Spur könnten wir dann nie im Leben wieder beschaffen. Es tut mir leid, Leute, aber wir müssen wirklich alles ins Labor transportieren.»

Der Mann dachte kurz nach und zuckte dann die Schultern. «Tja… Wenn es so steht, muss ich beim Chef nachfragen, woher wir die notwendigen Ressourcen bekommen sollen.»

«Ich wäre dir dankbar dafür», erwiderte Emma trocken, «und wie gesagt: Testen auf Gift, Fingerabdrücke und Genmaterial. Solange wir keine Ahnung haben, wo Giftspuren sein könnten, müssen wir so viel Material wie möglich sichern. Wenn wir

Glück haben, kann uns der Rechtsmediziner aufgrund der Autopsie schon morgen sagen, welches Gift es war, und dann wird die Analyse für euch viel einfacher.»

Der Mann zückte sein Telefon. Als er das Gespräch beendet hatte, rief er seinen beiden Kollegen zu: «Es geht los! Sämtliches Material sorgfältig einpacken!»

Zwei Stunden später war alles verpackt und in die Luftseilbahn verladen. Emma fühlte sich irgendwie erleichtert. Alle denkbaren Spuren, die vielleicht zur Aufklärung dieses Verbrechens beitragen könnten, waren jetzt fachmännisch gesichert. Blieb noch zu hoffen, dass alle Kameraaufnahmen brauchbar waren. Und noch etwas spürte Emma, nämlich eine große Dankbarkeit ihrer Assistentin Fiona gegenüber. Noch im ersten Schock, als der Gast gerade zusammengebrochen war, hatte Fiona messerscharf auf eine Vergiftung geschlossen und sofort an die Sicherung möglicher Spuren gedacht. Eine super Leistung! Emma war immer mehr davon überzeugt, dass Fiona sich mit den Jahren zu einer herausragenden Kriminalkommissarin entwickeln würde.

Für die Teilnehmer am Tag der Artenvielfalt hatte das Frühstück den Charakter eines Trauermahles. Niemand redete laut, niemand lachte, niemand hatte, trotz des reichlichen und schön angerichteten Buffets, wirklich Appetit. Nur wenige packten nach dem Frühstück ihre Sachen und fuhren ins Tal hinunter. Die meisten hingegen hatten sich entschieden, die Artensuche heute fortzusetzen. Nicht etwa, weil sie der Todesfall gleichgültig ließ. Im Gegenteil, man wollte jetzt erst recht, quasi zu Ehren des Verstorbenen, ein möglichst gutes Ergebnis der Feldforschungen erzielen. Bei anhaltend herrlichem Wetter zogen die Forschenden also wieder in alle Himmelsrichtungen los, um noch so viele zusätzliche Arten wie möglich zu entdecken.

Um halb elf waren Emma, Fiona und Massimo im Streifenwagen unterwegs in Richtung Bern. Fiona hatte das Steuer übernommen. Eine ganze Weile sagte niemand ein Wort, alle hingen ihren eigenen Gedanken nach.

Erst als sie am Stadtrand von der Autobahn abfuhren, fragte Emma: «Massimo, dürfen wir dich vor deinem Haus absetzen?»

«Gerne, das ist aber nett! Ich habe ja gar nicht mehr damit gerechnet, den Sonntag mit meiner Familie verbringen zu können. Ein echtes Geschenk ist das!»

«Dann erhole dich heute gut, Massimo. Die nächste Woche dürfte wohl für uns alle streng werden. Ich befürchte, dass dieser Fall Seidler uns einige Überstunden abverlangen wird.»

Fiona hielt am Straßenrand, und Massimo stieg aus.

«Willst du direkt nachhause, Fiona», fragte Emma, als sie weiterfuhren, «oder hättest du noch Lust, irgendwo etwas trinken zu gehen?»

«Das fände ich eine gute Idee. Vielleicht einen Apero auf dem Bundesplatz? Es ist ja schon halb zwölf.»

«Genau, das machen wir! Ich lade dich ins *BernaBistro* ein.»

Fiona parkte den Streifenwagen vor dem Präsidium, und die beiden Frauen schlenderten unter den angenehm beschatteten Lauben hindurch zum Bundesplatz. Es war schon ziemlich heiß, und die große Sonnenstore vor dem *BernaBistro* war ganz ausgefahren. Etwa die Hälfte der Tische war noch frei, und Emma wählte einen Platz am Rand aus.

«So, hier sind wir ungestört», sagte sie, setzte sich und begann, die Getränkekarte zu studieren. «Für mich ist es klar», sagte sie bald, «ich nehme ein Glas Weißen, vom *Heida*. Der erinnert mich immer an das heimatliche Wallis.»

«Denkst du noch oft an deine Heimat?»

«Ich glaube, Walliserin bleibt man im Herzen ein Leben lang, egal wohin es einen verschlägt. Schon unser Dialekt unterscheidet sich so markant von den übrigen Idiomen, dass wir uns als etwas ganz Eigenes vorkommen müssen. Und noch in den

1980er Jahren wuchs man als Walliserin mit dem Gefühl auf, in einer ganz eigenen Welt zu leben. Dieses endlos lange Tal, diese steilen Berge zu beiden Seiten, die im Alltag noch stark präsente Erinnerung an das früher so karge Leben, diese in sich abgeschlossene Gesellschaft, dieses latente Misstrauen gegen alles Fremde, diese intolerante katholische Frömmlerei… All dies klingt jetzt sehr negativ. Aber es gab auch das Positive. Vor allem der enge Zusammenhalt hat mich geprägt, in der Familie, im Freundeskreis, im Quartier. Niemand wurde ausgegrenzt. Natürlich, wer gegen die Regeln verstieß, erhielt seine Strafe, aber nachher war alles wieder in Ordnung, keiner war nachtragend. Ja, ich hatte eine schöne Jugendzeit… Oh, die Kellnerin kommt. Was darf ich für dich bestellen, Fiona?»

«Also… Ich nehme gerne einen Pastis. Der erinnert mich an meine Ferien in Südfrankreich.»

Emma gab die Bestellung auf. «So so, deine Ferien. Warst du etwa mit *deinem* Polizisten zusammen dort?»

«Du hast es erraten. Drei Jahre hintereinander fuhren wir im Herbst für eine Woche nach Avignon. Das letzte Mal war es… Oh, das sind ja schon bald drei Jahre her.»

«Und seitdem?»

«Keine gemeinsamen Reisen mehr. Die Beziehung hat sich irgendwie totgelaufen. Wir sind bald danach in Frieden auseinandergegangen.»

«Und es kam nichts Neues?»

«Eine neue Beziehung, meinst du? Nein, etwas Ernstes hat sich bisher nicht ergeben. Ich weiß, es wäre höchste Zeit für einen Neuanfang. Aber es lässt sich eben nichts erzwingen in der Liebe.»

«Wie wahr!», seufzte Emma.

Bald waren die Getränke serviert, sie ließen die Gläser aneinander klingen und naschten von den mitgereichten Chips. Eine längere Weile hingen die beiden Frauen schweigend ihren Gedanken nach.

106

Plötzlich verhärtete sich Emmas Miene. «Jetzt haben wir wenigstens noch einen freien Sonntagnachmittag», sagte sie bitter. «Nach diesem Desaster gestern Abend. Dieser Katastrophe! Ah... Ich könnte mich... Bin ich wütend!»

Sie raufte sich hektisch die Haare. «Entschuldige, Fiona! Ich führe mich hier auf wie der letzte Mensch... Dabei bin ich deine Vorgesetzte und müsste ein Vorbild sein! Aber ich ärgere mich immer noch maßlos über unsere Unfähigkeit, unser komplettes Versagen!»

Fiona war zunächst erschrocken über Emmas Ausbruch, aber sie fasste sich bald wieder. «Bitte, Emma, mach dir doch nicht solche Vorwürfe! Ich finde den Ausdruck Unfähigkeit nicht gerechtfertigt. Ja, es ist so, wir haben die Katastrophe nicht abwenden können. Ja, vielleicht hätten wir noch mehr tun können. Noch mehr Leute aufbieten. Alles und jedes noch stärker kontrollieren. Aber so einen heimtückischen Giftanschlag – wenn es denn einer war – hätten wir trotzdem nicht verhindern können.»

«Das mag alles stimmen, Fiona. Objektiv gesehen.» Emma hatte jetzt Tränen in den Augen. «Aber das Gefühl, dass wir kläglich versagt haben, das bleibt! Wir haben unseren Auftrag, die Sicherheit zu gewährleisten, nicht erfüllt, basta! Haben alles vergeigt! Und insbesondere ich als Chefin habe versagt.»

«Deine Gefühle kann ich sehr gut nachvollziehen, Emma. Aber es ist eben auch Teil unseres Berufes, dass wir nicht immer alles im Griff haben. Und ebenso, dass wir oft zu spät sind, dass wir erst dann eingreifen können, wenn das Unglück schon passiert ist.»

Emma hatte sich wieder beruhigt. «Fiona, ich danke dir für deine aufmunternden Worte. Du hast recht, unser Beruf bringt immer wieder solche frustrierenden Erfahrungen mit sich, solche Momente, wo man sich fragt, wozu die viele Arbeit gut sei, und wo man am liebsten den ganzen Bettel hinschmeißen würde. Klar, auch die Polizei kann keine Wunder vollbringen. Aber jedes Mal, wenn ein Auftrag in die Hosen geht, bleibt mir ein schlechtes Gefühl. Ich weiß nicht, ob ich das je wegkriege.»

«Ein wenig geht es mir auch so. Ein Scheißgefühl ist das.»

«Ach Fiona!» Emmas Stimme war ganz weich geworden. «Ich bin so dankbar, dass du in meiner Truppe bist und so hervorragende Arbeit leistest. Und dass ich so offen mit dir reden darf, meine Gefühle nicht immer nur herunterschlucken muss. Und das meine ich jetzt genau so, wie ich es sage.»

Wie ursprünglich geplant, versammelten sich alle, die noch nicht heimgefahren waren, um sechzehn Uhr auf der Hotelterrasse. Max Opprecht erhob sich und schaute in die Runde.

«Liebe Leute, wir haben zwar gestern Abend, geschockt von einer wahrhaften Tragödie, den diesjährigen Tag der Artenvielfalt für offiziell beendet erklärt. Trotzdem darf ich zufrieden feststellen, dass die meisten auch heute wieder auf Artensuche gegangen sind. Nicht zuletzt zu Ehren von Joachim. Dieser hätte sich bestimmt über euren Eifer gefreut. Wie üblich möchte ich hier eine vorläufige Bilanz des Anlasses ziehen. Ich werde diese dann in einer kurzen Pressemitteilung publik machen. Bis alle eure Funde bestimmt sind und der Schlussbericht fertig ist, werden ja noch einige Monate vergehen. Ich bitte darum, dass jetzt reihum je ein Vertreter der Artengruppen sein vorläufiges Fazit abgibt. Wir machen *Ladies First*. Bettina, fängst du an?»

Bettina Faber blickte auf ihren Notizzettel. «Ich habe 33 Wildbienen-Arten bestimmt. Dazu kommen rund 60 Arten von Grabwespen, Wegwespen und ähnlichen, die ich zur genauen Bestimmung noch den Spezialisten übergeben muss.»

«Danke. Bettina.»

Und so ging es reihum weiter. Alle berichteten von ihren Funden, und Max notierte die Zahlen auf einem Blatt Papier.

«Sehr schön», sagte Max abschließend, «jetzt noch zu meinem eigenen Spezialgebiet, den Käfern. Da konnte ich 112 Arten sicher zuordnen, und etwa 50 weitere müssen noch bestimmt

108

werden. Wenn ich alle eure Meldungen überschlagsmäßig zusammenzähle, erhalte ich rund tausendfünfhundert Arten, ein ganz hervorragendes Ergebnis.»

Er schaute nochmals in die Runde. «Zum Schluss möchte ich allen herzlich danken für euren großartigen Einsatz. Wie angekündigt, wird der Schlussbericht dem Andenken an Joachim Seidler gewidmet sein. Jetzt wünsche ich euch eine gute Heimkehr, und hoffentlich bis zum nächsten Jahr.»

Montag, 30. Juni

Doktor Fabian Knecht trug trotz der Hitze ein langärmeliges weißes Hemd, schwarze Bundfaltenhosen und geschlossene schwarze Halbschuhe. Er war sauber rasiert und hatte die kurzen blonden Haare akkurat gescheitelt. Aber er war weder Anwalt noch Banker noch praktisch tätiger Arzt. Wenn man mit ihm sprach, merkte man bald, weshalb er sich lieber mit bereits gestorbenen Klienten befasste. Deren Todesursachen zu eruieren, war seine Hauptaufgabe als Rechtsmediziner. Doktor Fabian Knecht war dankbar dafür, sich mit seinen Klienten nicht unterhalten zu müssen. Er hatte es nämlich, trotz vielfältiger Versuche seit seiner Kindheit, nie geschafft, sein schweres Stottern loszuwerden. In seinem hauptsächlichen Metier, der Obduktion verstorbener Menschen, galt er als ausgewiesener Spezialist, und die Ergebnisse seiner Untersuchungen wurden kaum je in Zweifel gezogen.

Andreas Wagner empfing ihn um halb neun Uhr in seinem Büro.

«Es tut mir echt leid, Fabian, dass du gestern eine Sonntagsschicht einlegen musstest», begann er. «Aber dieser Todesfall ist so außergewöhnlich, dass Eile einfach geboten war. Ich danke dir für deinen Sondereinsatz.»

Fabian zuckte mit den Schultern. «Gern geschehen, Andreas. Nun ja, gem… gem… gemordet wird eben meist am Wochenende. Immerhin habe ich ein zweifelsfreies Resultat der Obd… Obd… Obduktion zu bieten.»

«Das kling gut!»

Fabian legte ein Blatt Papier auf den Schreibtisch. «Die Todesursache von Joachim Seidler ist unzweifelhaft geklärt. Eine akute Vergiftung mit Dig… Dig… Digoxin. Eine sehr zuverlässige Methode, jemanden ins Jenseits zu bef… bef… befördern. Sofern die Dosis stimmt, fällst du nach spätestens zwei Stunden tot um.»

110

«Kannst du beurteilen, auf welchem Weg das Gift aufgenommen wurde?»

«Ziemlich sicher wurde das Digoxin gelöst in einer kleinen Menge Alk… Alk… Alkohol. Auf diese Weise wird es nicht auffällig bitter. Das Gift war wohl in Wein oder Bier versteckt, es könnte aber auch in etwas Essbarem gewesen sein. Beispielsweise in einem Schokoriegel.»

«Gut. Und zu welchem Zeitpunkt hat das Opfer das Gift geschluckt? Der Mann starb ziemlich genau um viertel nach acht, etwa fünfundzwanzig Minuten, nachdem er im Speisesaal zusammengebrochen war.»

«Die Giftmenge, die er gesch… gesch… geschluckt hat, war nicht extrem groß. Darum rechne ich zwischen eineinhalb und zwei Stunden bis zum Eintreten des Todes. Also hat er das Gift höchstwahrscheinlich zwischen viertel nach sechs und viertel vor sieben geschluckt. Sicher aber zwischen sechs und sieben Uhr.»

Andreas nickte versonnen. «Es muss demnach während des Aperos auf der Hotelterrasse passiert sein. Vermutlich war das Gift im Weißwein gelöst. Sag mal, Fabian, wer könnte leichten Zugang zu so einem Gift haben?»

«Vor allem wohl Ärzte, Apo… Apo… Apotheker und Angestellte pharmazeutischer Firmen. Früher wurde Digoxin häufiger als Herzmedikament verschrieben als heute. Auch in mancher Hausapotheke könnten deshalb noch Restbestände von Tabletten vorhanden sein.»

«So so, Hausapotheke… Das lässt viele Möglichkeiten offen. Nochmals herzlichen Dank, Fabian.»

Andreas Wagner machte ein ernstes Gesicht, als er um zehn Uhr Emma Kuonen in seinem Chefbüro empfing. Emma war sich sicher, dass eingetreten war, was sie schon befürchtet hatte.

«Ja, Emma», bestätigte Andreas ihre Vermutung sofort, «die Sachlage ist jetzt definitiv geklärt, die Obduktion hat ein eindeutiges Resultat ergeben. Das Todesopfer, Joachim Seidler, wurde vergiftet, und zwar mit Digoxin.»

Emmas Miene blieb unbestimmt. «Das sagt mir auf den ersten Blick nicht viel.»

«Mir war dieses Gift auch nicht geläufig, deshalb habe ich mich heute Morgen noch kurz im Internet schlau gemacht. Digoxin ist ein sogenanntes herzwirksames Glykosid. Es wird vorwiegend aus dem roten Fingerhut gewonnen, einer schönen Pflanze, die auch bei uns wächst. Digoxin kann therapeutisch bei Herzproblemen verwendet werden, es ist aber extrem giftig und muss deshalb sehr sorgfältig dosiert werden. Auch deshalb wird es heutzutage als Medikament nicht mehr so oft verwendet wie früher. Zwanzig Milligramm reiner Substanz sind schon tödlich. Und eine solche Menge kann man leicht irgendwo rein schmuggeln. Digoxin ist zwar eine feste Substanz, lässt sich aber in Alkohol auflösen. Es ist nicht allzu bitter und führt zuverlässig innerhalb von ein bis zwei Stunden zum Tod. Unser Opfer ist abends um viertel vor acht zusammengebrochen und eine halbe Stunde später gestorben. Gemäß Aussage von Fabian Knecht hat er das Gift wahrscheinlich zwischen viertel nach sechs und viertel vor sieben eingenommen. Ganz sicher aber in der Zeitspanne zwischen sechs und sieben Uhr.»

«Damit haben wir eine starke Aussage!», bemerkte Emma zufrieden. «Um sechs war der Apero auf der Hotelterrasse bereit, um sieben begann das Essen im Speisesaal. Das Opfer hat das Gift also höchstwahrscheinlich im Rahmen des Aperos eingenommen. Vermutlich gelöst im servierten Weißwein. Diese Erkenntnis erleichtert unserem Kriminaltechnischen Dienst die Arbeit enorm. Er kann sich zunächst auf das Apero-Geschirr und auf die gezielte Suche nach Digoxin beschränken. Ich rechne spätestens übermorgen mit den Ergebnissen.»

«Gut, da müssen wir Geduld haben. Immerhin drängt sich schon der Schluss auf, dass der Mörder sehr wahrscheinlich unter den Personen zu finden ist, die am Samstagabend auf der Alp

112

Schönegg anwesend waren. Es war zwar für den Täter ein gewisses Risiko, in Seidlers Glas heimlich etwas hineinzutun, aber im Trubel eines solchen Aperos war das wohl machbar. Siehst du das auch so?»

Emma wiegte ihren Kopf hin und her. «Nun ja, das scheint zwingend. Außer... Theoretisch wäre auch denkbar, dass jemand schon vorgängig etwas, das Seidler auf die Alp mitgenommen hat, mit dem Gift präpariert hat. Beispielsweise einen Schokoriegel oder ein Getränk. Das würde aber bedingen, dass Seidler diesen Snack oder das Getränk sozusagen während des Aperos konsumiert hat, ein doch eher unwahrscheinliches Szenario. Oder war das Gift in einem der Apero-Snacks versteckt, die in Schälchen auf den Tischen standen? Aber wie sollte genau dieser Snack gezielt von Seidler konsumiert werden? Nun, unser Kriminaltechnischer Dienst wird hoffentlich sehr bald herausfinden, wo das Gift war. Entscheidend wird auch die Frage sein, wer überhaupt Zugang zu einem solchen Gift haben konnte.»

«Dieser Meinung bin ich auch. Wobei natürlich nicht nur die Teilnehmer des wissenschaftlichen Events als Täter in Frage kommen, sondern auch alle am Samstag anwesenden Hotelangestellten.»

Emma zog ihre Liste hervor. «Hier habe ich die Personalien aller Leute notiert, die am Samstagabend im Hotel Bellavista anwesend waren. Es sind sechsundvierzig Namen. Wenn wir vom Opfer absehen, bleiben dreiunddreißig Hotelgäste und zwölf Angestellte.»

«Beachtlich viele», gab Andreas zu. «Und... Sind wir überhaupt sicher, dass sich am Samstagabend keine anderen Personen im Hotel aufhielten?»

«Ein ganz wichtiger Punkt. Ich habe bereits sämtliche Hotelangestellten dazu befragt. Es gibt da einige weit über das Gebiet verstreut stehende Alphütten, die jetzt im Sommer von Hirten bewohnt sind. Von denen sei aber keiner in der Umgebung des Hotels gesehen worden, sagen alle übereinstimmend aus.

Dasselbe trifft für die Angestellten der Luftseilbahn zu. Es sieht also ganz danach aus, als befinde sich die gesuchte Person in dieser Liste mit fünfundvierzig Namen.»

«Und wie willst du jetzt weiter vorgehen, Emma?»

«In einer möglichst sinnvollen Reihenfolge. Zuerst das nahe Umfeld des Opfers beleuchten, dann den Radius nach und nach vergrößern. Im schlimmsten Fall werden wir von sämtlichen Personen auf der Liste Fingerabdruck und Speichelprobe erheben müssen. Übrigens, Andreas, es gab doch da mehrere anonyme Drohbriefe. Sind denn die jetzt nicht mehr relevant für die Ermittlung?»

«Aber ja doch!» Andreas öffnete die oberste rechte Schublade seines Schreibtischs und zog ein Plastikmäppchen hervor. «Ich muss sagen, so etwas habe ich in meiner Laufbahn als Kriminalkommissar noch nie erlebt. Vier anonyme Drohbriefe, die offensichtlich von derselben Person geschrieben wurden: Grüner Filzstift, ungelenke Großbuchstaben, gleicher Stil…»

«Moment mal! *Vier* Briefe?»

«Ja. Drei Personen wurden direkt bedroht, das hast du schon gewusst. Und der vierte Brief… der landete bei mir persönlich.»

«Was, bei dir?»

Andreas legte den Brief auf den Tisch.

«Ich glaube es ja nicht», kommentierte Emma, «wenn es nicht so traurig wäre, müsste man darüber lachen.»

«Aber zurück zum Ernst der Lage. Eine der drei direkt bedrohten Personen wurde ermordet. Was heißt das jetzt? Sind weitere Morde zu erwarten, oder waren die anderen Drohbriefe bloße Ablenkungsmanöver?»

«Da ist guter Rat teuer», antwortete Emma resigniert.

«Und wie muss man diese Drohung gegen die Kriminalpolizei deuten?»

«Ich könnte mir denken, dass es darum ging, der Polizei so etwas wie eine lange Nase zu zeigen. Im Stil von der Art: Ich

114

kündige ganz offen einen Mord an, aber, *haha*, ihr werdet mich nicht erwischen. Und der Schreiber lacht sich ins Fäustchen…»

«Wahrlich eine tolle Idee», meinte Andreas kopfschüttelnd.

Fünfundvierzig Namen! Emma seufzte. So viele Personen kamen theoretisch in Frage, den Mord an Joachim Seidler begangen zu haben. Es würde ewig dauern, alle zu befragen. Und die Fingerabdrücke, die Speichelproben, was für ein Aufwand! Nein, sie musste Prioritäten setzen. Wer hatte das Opfer näher gekannt? Wer könnte überhaupt ein Motiv gehabt haben? Emma wusste im Moment nur das Wenige aus den kurzen Befragungen am Samstag im Hotel. Da gab es Joachims Ehefrau, Martina Seidler, und Joachims Firma, die *AquaTop*, mit Bettina Faber als Joachims rechter Hand. Ob sie wohl auch seine Geliebte war? Und was war mit Franziska Obrist und Paul Schwitter? Steckten diese weiterhin in Lebensgefahr? Und waren sie tatsächlich von jedem Verdacht befreit? Nicht einmal das war sicher. Nun, machte sich Emma klar, sie würde eben nach und nach das nähere und weitere Umfeld des Opfers durchleuchten müssen. Sie beschloss, mit Seidlers Ehefrau zu beginnen, dann die Firma in Augenschein zu nehmen und danach die beiden ebenfalls Bedrohten zu befragen. Zuerst aber brauchte sie dringend einen Kaffee!

Sie nahm die Treppe ins Erdgeschoss, betrat den Pausenraum und reihte sich in die Warteschlange am Kaffeeautomaten ein.

«Gut, dass ich dich gerade antreffe, Emma», klang es von hinten.

Sie zuckte kurz zusammen und schaute sich dann um. Daniel Thommen, Chef des Kriminaltechnischen Dienstes KTD, stand hinter ihr und zog eine ärgerliche Miene. Emma erschrak zunächst, aber sogleich wurde ihr bewusst, dass sie ja Entwarnung geben konnte!

«Morgen, Daniel! Ich wäre sowieso nach der Pause zu dir gekommen. Die ganze Sache Seidler hat sich zum Glück deutlich entschärft. Das tödliche Gift ist jetzt bekannt, und wir sind ziemlich sicher, dass es in einem der beim Apero verwendeten Gläser appliziert wurde. Das wird eure Analyse wesentlich vereinfachen. Priorität hat also die Untersuchung der etwa vierzig Weingläser auf das Gift Digoxin, auf Fingerabdrücke und Genmaterial. Wir versuchen unterdessen, die Zahl der Verdächtigen einzugrenzen, und beschaffen uns von diesen Personen Fingerabdruck und Speichelprobe. Und dann bin ich ungeheuer gespannt darauf, was zusammenpasst!»

Daniel Thommen hatte sich sichtlich entspannt.

«Sehr gut, Emma. Dann können wir jetzt Vollgas geben.»

Die Villa der Familie Seidler befand sich am Stadtrand und war umgeben von einer ausgedehnten Parkanlage. Emma kam sich beinahe vor wie im Märchen. Das müsste wohl ein Grundstück von etwa zwei Hektaren sein, dachte sie, als sie auf dem leicht geschwungenen Plattenweg auf das Haus zuschritt. Zu beiden Seiten des Weges hatte es Rabatten mit einer beeindruckenden Blumenpracht, der Rest des Parkes war locker mit den verschiedensten Sträuchern und Bäumen bepflanzt, so dass sich sonnige und schattige Bereiche angenehm abwechselten. Es ist schon unglaublich, was sich manche Leute leisten können, dachte Emma, und verspürte einen Anflug von Neid. Ohne festangestellten Gärtner ließ sich ein solcher Park wohl gar nicht instand halten.

Das Haus war nach Art eines klassischen amerikanischen Landhauses, als Bungalow in Holz, erbaut. Rund um das Haus zog sich eine breite, gedeckte, von einem Lattenzaun begrenzte Terrasse mit Holzboden. Entsprechend dem Landhausstil waren alle Pfosten, Fensterrahmen und Fenstersprossen leuchtendweiß gestrichen. Jetzt fehlt zum Klischee nur noch der klassische Schaukelstuhl mit dem Pfeife rauchenden Opa, dachte sich Emma, als sie den Klingelknopf drückte.

116

Die Haustür wurde geöffnet, und eine gepflegte Frau in den Fünfzigern blickte sie freundlich an. «Ja, bitte?»

«Emma Kuonen, Kriminalkommissarin.»

«Ach so! Ich bin Martina Seidler. Eigentlich habe ich Sie erwartet... Aber Sie haben Glück, dass Sie mich zuhause antreffen. Wissen Sie, bei so einem Todesfall gibt es viel zu erledigen.»

«Frau Seidler, mein herzliches Beileid zum tragischen Verlust Ihres Ehemannes.»

Die Frau machte einen gefassten, nicht übermäßig erschütterten Eindruck. Sie ließ die Kommissarin eintreten und in einem kleinen, modern möblierten Salon Platz nehmen.

«Frau Seidler, wir wissen unterdessen, dass Ihr Mann vergiftet wurde, also eines unnatürlichen Todes gestorben ist. Können Sie sich das erklären?»

Martina Seidler ging nicht direkt auf diese Nachricht ein. «Frau Kuonen», sagte sie neutral, «ich werde mit Ihnen von Anfang an Klartext reden. Joachim und ich haben uns seit etlichen Jahren auseinandergelebt, unsere Ehe bestand nur noch auf dem Papier. Wenn es nach mir gegangen wäre, wären wir längst geschieden. Aber Joachim hat sich immer geweigert, diesen Schritt zu gehen.»

«Wissen Sie, warum?»

«Ja, warum? Ich selber habe seit Jahren eine neue Partnerin, Stefanie Dormann, und er hat seit langem eine Geliebte, Bettina Faber, die als seine rechte Hand in der Firma arbeitet. Also wäre eine Scheidung nur logisch gewesen. Aber nein, Joachim war es so eminent wichtig, sein Ansehen gegen außen zu wahren, dass er eine Scheidung kategorisch abgelehnt hat.»

Emma schaute kurz auf die Teilnehmerliste. Tatsächlich, Stefanie Dormann und Bettina Faber waren auf der Schönegg dabei gewesen. Die beiden würden als Nächste bei ihr antraben müssen.

«Gab es nicht auch finanzielle Gründe?»

«Daran habe ich nicht mal gedacht. Sicher hätte Joachim bei einer Scheidung einen Teil seines Vermögens abgeben müssen. Vielleicht war das für ihn tatsächlich ein Grund. Aber ich stehe als berufstätige Frau auf eigenen Füssen und habe zudem Vermögen. Und dieses Haus gehört auch mir.»

«Immerhin hätten Sie aus einer Scheidung einen doppelten Vorteil gezogen.»

Martina Seidler lachte auf. «Ich weiß wohl, was Sie andeuten wollen! Joachim verweigerte die Scheidung, und deswegen könnte ich ihn umgebracht haben.»

«Das wäre jedenfalls eine Möglichkeit. Wissen Sie, dass Joachim Seidler bedroht wurde?»

«Ja, er hat mir diesen lächerlichen Wisch gezeigt. Ich habe ihm geraten, damit sofort zur Polizei zu gehen. Aber er hat sich dies zuerst lange überlegen müssen. Offenbar hat er irgendwann doch die Polizei informiert. Deshalb sind Sie ja auch auf der Alp Schönegg präsent gewesen, nicht wahr?»

Emma ging nicht auf die Frage ein. «Haben Sie denn mit Ihrem Mann nicht darüber diskutiert, wer hinter der Drohung stecken könnte?»

«Nicht wirklich. Er hat gesagt, er müsse gründlich nachdenken. Ob er Bettina eingeweiht hat? Wahrscheinlich schon.»

«Sprechen Sie jetzt von Bettina Faber?»

«Richtig. Von seiner Geliebten.»

Emma zog aus einem Mäppchen eine Kopie des Briefes hervor. «*Was hast du mir damals Schlimmes angetan?* Wenn ich das lese, komme ich zum Schluss, es müsse eine sehr alte Verletzung dahinterstecken, die jetzt gerächt werden sollte.»

«Ja, das denke ich auch. Es war wohl vor meiner Zeit.»

«Was wissen Sie über diese Zeit?»

Jetzt konnte Martina Seidler ihre Tränen nicht mehr zurückhalten. «Entschuldigung…», flüsterte sie, wandte sich ab und wischte sich mit einem Papiertaschentuch die Augen.

118

«Nun», fand sie ihre Stimme wieder, «als wir uns kennenlernten, das war vor dreiundzwanzig Jahren, da war Joachim siebenunddreißig und ich dreiunddreißig Jahre alt. Zwei Jahre später haben wir geheiratet und danach unsere beiden Söhne bekommen. Ich habe nur kurze Babypausen eingeschaltet und sonst immer als Gymnasiallehrerin für Deutsch und Englisch gearbeitet. Aber vor meiner Zeit? Joachim hat nie viel darüber gesprochen. Wie ich ihn einschätze, hat er vor mir wohl schon mehrere Partnerinnen gehabt. Nach seinem Studium der Mikrobiologie war er einige Jahre bei Sandoz im Labor angestellt. Dann hat er, zusammen mit einem Kollegen, seine Firma *AquaTop* gegründet. Sie ist spezialisiert auf Umweltverträglichkeitsprüfungen im Bereich Wasserbau, arbeitet sehr erfolgreich und hat mittlerweile etwa fünfzehn Mitarbeitende. Ja, Joachim ist... war... der typische Macher. Immer am Ball, voller Ideen, voller Ehrgeiz auch...»

«Sie haben diesen Kollegen bei der Firmengründung erwähnt. Kennen Sie ihn?»

«Aber sicher. Das war Peter Rychner. Joachim und Peter haben zusammen die Firma aufgebaut und viele Jahre lang geleitet.»

«Sie sagten, das *war* Peter Rychner.»

«Ach so! Nein, Peter ist nicht gestorben. Aber vor etwa zehn oder zwölf Jahren kam es zum Zerwürfnis. Fragen Sie mich nicht warum. Jedenfalls hatten sich die beiden zerstritten, und Peter verließ die Firma.»

«Freiwillig?»

«Das vielleicht schon, aber ich glaube, er fühlte sich von Joachim ungerecht behandelt.»

«Sie glauben es nur?»

«Ich habe mich nicht näher darum gekümmert. Bettina Faber weiß bestimmt mehr. Sie ist Rychners Nachfolgerin bei der *AquaTop* und hält, wenn ich das richtig mitbekommen habe, dort eine absolute Schlüsselposition inne.»

Emma schaute unauffällig auf die Teilnehmerliste. Interessant! Auch dieser Peter Rychner war auf der Schönegg dabei gewesen. War sie etwa schon auf der richtigen Spur?

«Frau Seidler, vielen Dank für diese wertvollen Ausfünfte.»

Emma hatte Stefanie Dormann schließlich telefonisch in der Zeitungsredaktion erreicht. Sie sei im Stress, hatte sie erklärt, und im Moment sei nur ein kurzes Interview per Telefon möglich. Aber ja, bestätigte sie, sie sei seit Jahren Martina Seidlers Partnerin, und sie wäre glücklich gewesen, wenn eine Scheidung von Joachim zustande gekommen wäre. Dieser aber habe konsequent seine Zustimmung verweigert. Ja, vielleicht sei Geld der Grund gewesen, vielleicht auch nur sein verletzter Stolz. Aber Joachim deswegen umzubringen? Das sei wirklich ein absurder Gedanke! Und auch Martina habe damit ganz bestimmt nichts zu tun.

Emma gab sich mit dieser Aussage vorläufig zufrieden. Aber Martina und Stefanie blieben für sie weiterhin auf der Liste der Verdächtigen.

Bettina Faber erschien pünktlich um fünfzehn Uhr im Kommissariat. Sie entsprach, wie Emma feststellte, exakt dem Klischee einer sowohl beruflich sehr erfolgreichen als auch äußerst attraktiven Frau. Sie war perfekt gekleidet, perfekt geschminkt und perfekt frisiert, und sie machte einen offenen, sympathischen und freundlichen Eindruck. Kein Wunder, dachte Emma, war Bettina Faber in der Firma *AquaTop* zu einer Schlüsselposition aufgestiegen. Und ebenso, dass sie ihren Chef, Joachim Seidler, vollkommen für sich eingenommen hatte. Offenbar war sie seit Jahren seine Geliebte. Könnte sie trotzdem etwas mit dem Mord zu tun haben? Auf den ersten Blick Nein. Aber dann kam Emma plötzlich ein Leitsatz aus ihrer Weiterbildung in den Sinn: Die erste Devise in jeder Ermittlung lautet, dass man zu Beginn keine einzige Möglichkeit ausschließen darf! Also ganz unvoreingenommen ins Gefecht, ermahnte sie sich.

«Danke, dass Sie gekommen sind, Frau Faber», sagte sie, «nehmen Sie doch hier Platz. Kaffee?»

«Kommen wir lieber gleich zum Punkt», erwiderte Bettina Faber energisch, so als wolle sie, wie sie es gewohnt war, aktiv die Gesprächsführung übernehmen.

«Gerne. Erzählen Sie einfach.»

Emma hielt ihren Notizblock bereit. Da es sich noch um kein offizielles Verhör mit einer verdächtigen Person handelte, verzichtete sie darauf, das Gespräch aufzunehmen.

«Also, mit Joachim…», begann Bettina Faber. Aber sie kam nicht weiter. Sie drehte ihren Stuhl weg, schlug sich die Hände vor das Gesicht und wurde von einem heftigen Schluchzer geschüttelt.

Emma ließ ihr Zeit. Ganz allmählich wich das Schluchzen einem leisen Weinen.

Plötzlich aber ging ein Ruck durch die Frau. Sie setzte sich wieder aufrecht hin und wischte sich das Gesicht mit einem geblümten Taschentuch trocken.

«Entschuldigung…», hauchte sie, «aber ich habe ihn so sehr geliebt…»

«Und er Sie wohl auch?»

«Aber ja!» Bettinas Stimme war wieder fest geworden. «Wir gehörten doch zusammen! Und wir wollten ein Kind!»

«Verstehe.»

«Ehm… Jedenfalls *ich*. Joachim war noch nicht ganz überzeugt davon.»

«Etwas anderes: Wussten Sie von dem Drohbrief gegen ihn?»

«Ach, dieser elende Wisch! Er ist ja auch, nach langem Zögern, doch noch zur Polizei gegangen. Aber es hat nichts genützt…» Sie brach wieder in Schluchzen aus. «Ich weiß, dass die Polizei alles getan hat… Und wenn es nicht auf der Schönegg passiert wäre, dann eben woanders… Es war wohl sein Schicksal… Oh!

Warum nur? Sagen Sie mir bitte, weiß man jetzt endlich, woran er gestorben ist? Es war furchtbar, in diesem Saal, vor allen Leuten, ihn so leiden zu sehen... wie er schwankte, röchelte, zusammenbrach...»

«Wie die Autopsie ergeben hat, wurde Joachim Seidler vergiftet.»

«Vergiftet... wie furchtbar! Wenigstens hat er nachher nicht mehr lange leiden müssen.»

Emma wartete einige Sekunden und fragte dann: «Haben Sie denn zusammen über diesen Drohbrief gesprochen?»

«Ich habe es versucht. Mir war klar, dass, wenn es denn kein Scherz war, eine sehr alte Geschichte dahinterstecken musste. Etwas, das vor meiner Zeit passiert war. Aber Joachim ist mir ausgewichen, er hat nur ganz oberflächlich einige sogenannte Jugendsünden erwähnt. Hätte ich doch hartnäckiger nachgebohrt! Er war eben ein sehr starker Charakter. Gegen seinen Willen konnte man nichts erreichen. Aber ich bin sicher, dass er sich als junger Mann schon durchzusetzen wusste und sich damit nicht nur Freunde geschaffen hat.»

«Hat er keine Namen dazu genannt?»

«Leider nicht. Er müsse zuerst gründlich nachdenken, hat er nur gesagt. Das hat mich ein klein wenig beruhigt. Ich konnte darauf hoffen, er werde diese schlimme Situation selber in den Griff bekommen.»

«Kennen Sie einen Peter Rychner?»

«Sicher, der Spezialist für die Spinnen. Er war auch auf der Schönegg.»

Bettina Faber hob ihre Augenbrauen. «Aber ich weiß jetzt, warum Sie nachfragen. Rychner war sozusagen mein Vorgänger bei *AquaTop*. Ein langjähriger und offenbar verlässlicher Geschäftspartner von Joachim. Aber sein Abgang muss ziemlich dramatisch gewesen sein.»

«Sie wissen nicht mehr darüber?»

122

«Leider nur indirekt. Er war ja schon weg, als ich in die Firma kam. Aber es fielen immer wieder Bemerkungen, Seidler habe Rychner mit juristischen Tricks finanziell über den Tisch gezogen, seine Abfindung sei viel zu klein ausgefallen, und solche Dinge.»

Bettina Faber riss plötzlich die Augen auf. «Glauben Sie etwa, dass Peter meinen Joachim aus Rache umgebracht hat? Das wäre ja schrecklich!»

«Wir glauben nichts, wir sammeln nur Indizien», entgegnete die Kommissarin, «aber ausgeschlossen ist es nicht. Ich danke Ihnen für Ihre Mitarbeit, Frau Faber. Vermutlich werden wir nochmals auf Sie zukommen müssen.»

Emma hatte Fiona vor dem Lunch gebeten, sich zu diesem Peter Rychner schlau zu machen. Fiona wirkte richtig munter, als sie kurz nach sechzehn Uhr wiederkam.

«Emma, es wird spannend!», sprudelte sie sofort los. «Dieser Peter Rychner könnte tatsächlich unser Mann sein. Ein verdächtiger Bursche! Seit er vor neun Jahren die Firma *AquaTop* verlassen hat, arbeitet er als Sekundarlehrer in Münsingen. Er wurde vor sieben Jahren von seiner Frau geschieden und lebt jetzt allein in einer Mietwohnung. Ich habe versucht, Nachbarn und Lehrerkollegen zu kontaktieren. Natürlich waren die wenigsten bereit, eine Aussage zu machen. Aber bei den fünf Personen, die mir etwas anvertraut haben, war der Tenor eindeutig: Alle bezeichneten Rychner als frustriert und verbittert mit dem Leben. Und es wäre zu vermuten, dass diese Verbitterung eine Folge des damaliges Streits mit Joachim Seidler ist. Und dass er seine Wut auf diesen irgendwann nicht mehr ausgehalten hat…»

«Keine voreiligen Schlüsse bitte, Fiona. Aber sehr interessant ist das Ganze schon. Wer weiß, ob es uns weiterbringt? Auf jeden Fall hast du gute Arbeit geleistet, Fiona, danke! Dann knöpfen wir uns diesen Burschen mal tüchtig vor. Lade ihn bitte auf morgen früh ins Präsidium ein.»

«Mache ich sofort», antwortete Fiona voller Energie und verschwand.

Emma blieb nachdenklich sitzen. Irgendwie kam ihr diese Hypothese mit Peter Rychner allzu simpel vor. Ein klares Motiv hatte er, das war nicht zu bestreiten. Aber das Drumherum passte noch nicht. Die Drohungen gegen Paul Schwitter und Franziska Obrist würden nur Sinn machen, wenn es eine Verbindung zwischen Rychner und diesen zwei Personen gäbe. Dieser Frage musste sie so schnell wie möglich nachgehen. Hoffentlich würde Rychner der Vorladung Folge leisten! Plötzlich fiel ihr ein: Die Kameras! Beinahe hätte sie die Filmaufnahmen vergessen! Sie hatte doch heute früh Massimo mit der Sichtung beauftragt. Ob er wohl schon etwas herausgefunden hatte?

Emma ging hinüber ins Gemeinschaftsbüro, wo die Truppe ihre Arbeitsplätze hatte. Zurzeit war nur Massimo im Raum.

«Massimo, hast du etwa die Aufnahmen der Kameras schon sichten können? Hat sich etwas ergeben?»

Massimo war sichtlich unwohl, er rutschte auf seinem Stuhl hin und her und blickte an Emma vorbei. «Leider muss ich dich enttäuschen, Emma. Wie du mir gesagt hast, war das Gift höchstwahrscheinlich im Weißwein, der zum Apero serviert wurde. Entsprechend habe ich mich auf die Filme von der Hotelterrasse zwischen achtzehn und neunzehn Uhr konzentriert. Aber leider ist mir nichts Spezielles aufgefallen. Von mir aus gesehen verlief alles vollkommen normal. Aber natürlich ist das nur mein erster Eindruck.»

«Schade», murmelte Emma, «aber die Kameras sind ja nur ein Hilfsmittel. Es ist durchaus möglich, dass die entscheidende Manipulation auf dem Film eben gerade nicht sichtbar ist. Und schon die Menge des Materials ist doch enorm. Wie viele Kameras hatten wir auf der Hotelterrasse?»

«Vier.»

«Siehst du, nur schon vom Apero sind es volle vier Stunden Filmmaterial! Ich weiß wohl, dass es alles andere als einfach ist,

124

eine solche Menge konzentriert anzuschauen und auf jedes Detail zu achten. Bei so einem Apero laufen die Leute ja kreuz und quer durcheinander. Je nachdem, wie die Ergebnisse des Kriminaltechnischen Dienstes ausfallen, werden wir die Aufnahmen nochmals analysieren müssen, und dies mindestens zu zweit. Es ist sehr gut möglich, dass wir dann noch etwas Neues entdecken. Jedenfalls vielen Dank für deine Arbeit.»

«Das ist doch selbstverständlich.»

Dienstag, 1. Juli

Emma hatte nicht unbedingt damit gerechnet. Aber Peter Rychner traf tatsächlich um punkt acht Uhr im Präsidium ein. Er hatte Fiona Albrecht am Telefon gesagt, das passe ihm gut, weil er dienstags erst um zehn Uhr seine erste Schulstunde habe. Als Rychner in Emmas Büro trat, machte es augenblicklich Klick in ihrem Kopf. Aber klar, der Riese mit den Spinnenbeinen! Er passte gerade knapp unter dem Türrahmen hindurch. Sobald sie sich gesetzt hatten, begann Emma das Gespräch.

«Herr Rychner, wir wissen unterdessen, dass der Ermordete, Joachim Seidler, Ihr ehemaliger Geschäftspartner war.»

Rychner machte ein mürrisches Gesicht. «Das ist kein Geheimnis.»

«Auch nicht, dass Ihr Abgang von der Firma von einem schweren Zerwürfnis überschattet wurde?»

«Auch das nicht. Tatsache ist, dass sich Joachim wie ein Lump benommen und mich finanziell bösartig über den Tisch gezogen hat. Ich habe es auf dem juristischen Weg versucht, musste aber mit der Zeit einsehen, dass ihm keine Verstöße gegen das Gesetz nachzuweisen waren. So habe ich mich in mein Schicksal gefügt. Am liebsten wäre ich ihm auf ewig aus den Augen gegangen. Aber an diesem Tag der Artenvielfalt wollte ich unbedingt dabei sein. Da ließ es sich nicht vermeiden, ihm wieder zu begegnen. Aber natürlich habe ich ihn keines Blickes gewürdigt.»

Die Kommissarin registrierte, welch ungeheure Wut sich in Rychners Aussagen zeigte.

«Gleichzeitig wäre es», fuhr sie fort, «die perfekte Gelegenheit gewesen, den verhassten ehemaligen Geschäftsfreund ein für allemal aus der Welt zu schaffen.»

Rychners Miene wurde endgültig zur Grimasse. «Was! Sind Sie verrückt? Nein, den Mord an Joachim können Sie mir nicht anhängen!»

126

«Aber traurig sind Sie auch nicht, dass Sie ihm nie mehr begegnen werden?»

«Hab ich doch gesagt!» Rychners Stimme war laut geworden. «Aber mit dem Mord habe ich nichts zu tun! Was sollte es mir auch nützen? Das Geld, das mir zugestanden hätte, ist und bleibt verloren.»

«Es muss nicht immer nur um Geld gehen. Auch Gefühle können ein starkes Motiv für ein Verbrechen abgeben. Wut, Verzweiflung, Eifersucht, Rachedurst. Wegen solcher Gefühle wurde und wird auf der ganzen Welt getötet.»

«Kann schon sein.»

«Können Sie mir Näheres zu diesem Zwist mit Seidler erzählen?»

«Nein, das will ich nicht», stieß Rychner hervor, «die Vergangenheit ist für mich abgeschlossen. Ob Joachim jetzt seine verdiente Strafe erhalten hat, sei dahingestellt. Aber ich habe es nicht getan.»

«Eine andere Frage: Wie ist es Ihnen in den vergangenen neun Jahren ergangen, seit Ihrem Ausscheiden bei *AquaTop*? Sind Sie zufrieden im Schuldienst?»

«Zufrieden? Ha! Sie machen wohl Witze? Sich den ganzen Tag mit Halbwüchsigen herumzuschlagen, ihnen mit Müh und Not wenigstens die elementarsten Grundlagen von Chemie, Physik und Biologie einzupauken… Wenn man Glück hat, sind es zwei pro Klasse, die eine Spur von Interesse zeigen… Und diese Plackerei wiederholt sich Jahr für Jahr im selben Stil, wie im Hamsterrad… Wissen Sie, was das Beste daran ist? Dass ich nicht mal halb so viel verdiene wie früher bei der *AquaTop*… Ist das die Antwort, die Sie von mir wollten?»

«Ja, ich danke Ihnen. Wir beenden jetzt unser Gespräch. Es wird aber nicht das Letzte gewesen sein, das können Sie sich merken.»

Rychner brummelte etwas, erhob sich und verließ ohne Gruß das Büro.

Punkt halb zehn erschien Emma bei Andreas im Büro zur Lagebesprechung.

«Morgen, Emma!», lächelte er ihr zu. «Wie geht es dir heute?» Seine Begrüßung ist aber ungewohnt freundlich, dachte Emma. Na ja, auch ein miesepetriger Chef darf mal gut gelaunt sein.

«Recht gut», antwortete sie und nahm am Tisch Platz. «Auch wenn die Ermittlungen im Fall Seidler komplex sind.»

«Aber komplexe Ermittlungen sind doch genau deine Stärke!» Beinahe wäre Emma errötet. «Oh, danke für das Kompliment.» Sie sah auf die vor ihr liegenden Papiere. «Dann fasse ich mal zusammen, was wir bisher wissen. Von der technischen Seite haben wir noch keine neuen Erkenntnisse. Massimo hat die Bilder der Überwachungskameras studiert, aber leider nichts Ungewöhnliches gefunden. Allerdings ist das Filmmaterial so umfangreich, dass ich mir gut vorstellen kann, dass wir später noch etwas entdecken könnten. Da müssen wir dranbleiben. Meine Hoffnung liegt jetzt auf der Analyse der Gläser vom Apero. Giftspuren, Fingerabdrücke und Genmaterial, das müsste uns weiterbringen. Unser Kriminaltechnischer Dienst ist an der Arbeit, und bis morgen sollten die Ergebnisse vorliegen.

Ich selber habe bis jetzt vier Personen aus Seidlers näherem Umfeld interviewt. Zunächst Martina Seidler, seine Noch-Ehefrau, und Stefanie Dormann, ihre neue Partnerin. Die beiden wollen versucht haben, Seidler von einer Scheidung zu überzeugen, aber er habe es abgelehnt. Angeblich, um den Schein gegenüber der Außenwelt zu wahren. Ich vermute aber eher, es seien finanzielle Gründe gewesen. Er hätte bestimmt einen Teil seines Vermögens an Martina abgeben müssen. Hier könnte also durchaus ein Mordmotiv liegen. Danach habe ich mit Bettina Faber gesprochen, Seidlers rechter Hand in der Firma und gleichzeitig seiner Geliebten. Sie habe ein Kind von ihm gewollt, er aber habe noch gezögert, sagt sie. Bei ihr sehe ich kein Mordmotiv. Es sei denn…:»

Andreas blickte interessiert auf. «Ich weiß, was du denkst. Es sei denn, es gäbe irgendwo eine weitere Geliebte…»

«Genau, das wäre echt brisant! Dann wäre Eifersucht unser Thema. Ja, diesen Punkt muss ich dringend abklären.»

«Und das vierte Interview?»

«Das war mit Peter Rychner, Seidlers ehemaligem Geschäftspartner. Ich muss es noch verifizieren, aber es scheint so, dass dieser unter sehr unglücklichen Umständen aus der Firma ausgeschieden ist. Man erzählt sich, er sei von Seidler über den Tisch gezogen worden und habe eine viel zu kleine Abfindung erhalten. Hier könnte sich durchaus ein Mordmotiv zeigen.»

Andreas kratzte sich im Haar. «Was ist unser Fazit? Wir haben einen Haufen von Indizien, können aber nichts beweisen.»

«Leider ist es so. Wir müssen noch tiefer graben.»

«Woran denkst du konkret, Emma?»

«Mir gehen diese Drohbriefe nicht aus dem Kopf. Drei Personen haben einen Brief mit einer Morddrohung erhalten. Diese Briefe stammen höchstwahrscheinlich vom selben Verfasser. Es muss demnach eine Verbindung zwischen dem einen Briefverfasser und den drei Empfängern geben. Zudem lässt der Inhalt der Drohbriefe vermuten, es handle sich durchwegs um sehr lange zurückliegende Ereignisse, die gerächt werden sollen. Daraus schließe ich, dass der Briefverfasser schon vor langer Zeit alle drei Empfänger gekannt haben muss!»

«Eine sehr gute Überlegung, Emma. Genau dort müssen wir nachbohren.»

«Das heißt, wir müssen zunächst herausfinden, welche Personen aus unserer Liste schon vor langer Zeit alle drei Briefempfänger gekannt haben. Ebenso müssen wir wissen, ob es Berührungspunkte zwischen Joachim Seidler, Paul Schwitter und Franziska Obrist gibt. Irgendwo in diesem Kreis liegt doch wahrscheinlich die Ursache für das Verbrechen!"

„So ist es, kluge Emma.»

Schon wieder ein Kompliment vom Chef, dachte sie, was ist nur heute los mit ihm? Oder will er mich verspotten? Egal, am besten reagiere ich gar nicht darauf.

«Aber eben», fuhr sie fort, «diese Liste enthält fünfundvierzig Personen. Wie komme ich schnell an all die Information heran?»

Andreas grinste unverhohlen. «Das ist jetzt *deine* Aufgabe, Emma. Es heißt doch, man finde im Internet fast alles. Und Fiona Albrecht ist eine clevere Nachwuchskommissarin, sie wird dich perfekt unterstützen können.»

Luis Sanchez war nervös. Würde sein Vorhaben gelingen? Hatte er überhaupt eine Chance? Je länger er darüber nachdachte, desto tiefer sank sein Mut. Ruhelos schritt er in seinem Zimmer auf und ab. Nein, ich muss es versuchen, sagte er sich energisch. Ich hatte doch in meiner Heimat nie größere Probleme, an Frauen heranzukommen. Ich sehe ziemlich gut aus, bin nicht auf den Mund gefallen und habe einwandfreie Manieren. Und ich hatte schon einige Beziehungen zu attraktiven Frauen. Na also!

Luis wiederholte für sich nochmals seine vorbereitete Formulierung, stieg dann eine Treppe höher und klopfte an die Tür des Direktionsbüros. Er wurde beinahe sofort zum Eintreten aufgefordert.

«Luis, Sie sind es! Kommen Sie nur herein!»

«Guten Tag, Frau Direktorin. Ich habe kleines Anliegen. Morgen ich habe freien Tag. Ehm…»

Mit einem freundlichen Nicken ermunterte ihn Franziska Obrist zum Weitersprechen.

«Also ich wollte fahren in die Stadt, kaufen etwas.»

«Aber sicher, Luis, fahren Sie ruhig in die Stadt, schauen Sie sich um und kaufen Sie etwas ein. Die kleine Abwechslung wird Ihnen guttun. Hier oben auf der Alp kann man ja die Schweiz nicht richtig kennenlernen.»

130

«Danke. Aber ich habe zweite Problem. Möchte eine Brief schreiben.»

«Einen richtigen Brief? Das ist aber schön! Und an wen?»

«Ehm… Für eine Frau…»

«Aha. Und warum erzählen Sie mir das?»

«Weil ich… Sie wissen… Mein Deutsch… Ich möchte schöne Brief schreiben…»

«Jetzt kapiere ich endlich! Sie möchten einen Brief in korrektem Deutsch schreiben, und ich soll Ihnen dabei helfen?»

«Nein… Ja… Ich kann nicht verlangen von Ihnen… Vielleicht jemand anderes hilft?»

«Zum Beispiel Carla?»

«Oh! Nein, nicht Carla! Ist nicht möglich so…»

Franziska musste sich beherrschen, um nicht laut herauszulachen. Natürlich hatte sie längst bemerkt, dass Luis ein Auge auf Carla geworfen hatte. Und sie fand, dass die beiden ein sehr hübsches Paar abgäben. Wie jedoch Carla in diesem Punkt fühlte, das wusste sie nicht.

«Kein Problem, ich helfe Ihnen gerne.» Sie warf einen Blick auf ihre Agenda. «Kommen Sie heute Abend um acht wieder hierher, dann kann ich mir eine Stunde Zeit nehmen.»

«Das ist sehr nett, Frau Direktorin… Danke viele Male!»

Emma und Fiona waren ziemlich geübt darin, aus dem Internet Informationen herauszukitzeln, die nicht auf den ersten Blick offen dalagen. Sie hatten vereinbart, heute so viele Fakten wie möglich aus dem Umfeld von Joachim Seidler zusammenzusuchen. Gegen Abend wollten sie dann ihre Erkenntnisse austauschen. Weil Massimo, wie er selber einräumte, nicht allzu begabt war für solche Internet-Recherchen, hatte er den Auftrag erhalten, von allen Personen, die bereits befragt wurden, Fingerabdrücke und Wangenabstriche zu beschaffen.

Um siebzehn Uhr trafen sie sich zu dritt in Emmas Büro.

«Massimo, wie ist es dir ergangen?», fragte Emma zunächst.

131

«Alles erledigt!», antwortete dieser, offensichtlich erleichtert. «Niemand hat sich widersetzt, alle Fingerabdrücke und Wangenabstriche habe ich ordnungsgemäß aufnehmen und dem Kriminaltechnischen Dienst übergeben können.»

«Danke, Massimo! Wenn du möchtest, kannst du jetzt Feierabend machen.»

Massimo strahlte. «Und ob ich möchte! Vielen Dank!» Und schon war er verschwunden.

«Tja, unser Familienmensch!», sagte Emma lächelnd, «er ist einfach glücklich, wenn man ihn zu seinen Liebsten entlässt.»

«Du bist aber nicht etwa neidisch?», fragte Fiona spontan. Aber sogleich hielt sie schuldbewusst eine Hand vor den Mund. «Verzeih mir, Emma, ich wollte nicht zu privat werden.»

«Ist schon gut», winkte diese ab, «wir Frauen müssen sowieso zusammenhalten. Nein, ich denke, das Thema eigene Familie kann ich für mich abhaken. Ich bin ja schon dreiundvierzig. Aber eine schöne Partnerschaft, das könnte ich mir schon vorstellen. Meine letzte richtige Beziehung liegt schon bald fünf Jahre zurück. Und bei dir? Schon mal einen Kinderwunsch verspürt?»

«Ach, ich bin doch erst achtundzwanzig, und praktisch immer noch in der Ausbildung», erwiderte Fiona, «aber ich könnte mir später sehr gut zwei oder drei Kinder vorstellen. Wobei ich aber unbedingt weiter im Beruf bleiben möchte.»

«Das finde ich genau die richtige Einstellung, auch wenn ich mir immer bewusst bin, dass eine Beziehung zu einer Polizistin wohl nie einfach ist. Es braucht da wirklich viel Flexibilität. Aber komm, wir widmen uns wieder der Arbeit. Ich muss dir gestehen, dass ich heute keinen Schritt vorwärts gekommen bin. Der übliche Bürokram hat mich so viel Zeit gekostet, dass ich nicht mal eine Stunde für unsere vereinbarte Recherche verwenden konnte. Tut mir leid.»

«Dafür habe ich etwas Interessantes herausgefunden», lächelte Fiona. «Joachim Seidler, Paul Schwitter und Franziska Obrist, die

132

Adressaten der Drohbriefe, kannten sich schon in ihren Studentenzeiten!»

«Oh! Endlich ein realer Anhaltspunkt!»

«Ja. Alle drei sind Mitglieder der Studentenverbindung *Bernensia* und waren zur selben Zeit als Studenten aktiv. Also wenn *das* Zufall ist!»

«Ist es garantiert nicht!», bekräftigte Emma, «vielleicht sind wir ja damit einen Schritt weitergekommen. Liegt der Schlüssel zu dem Verbrechen in dieser Studentenverbindung? Laufen dort alle Fäden zusammen? Und vor allem: Gehört der Verfasser der Drohbriefe ebenfalls zur *Bernensia*? Ich bin ja gespannt. Jedenfalls quetschen wir morgen Paul Schwitter und Franziska Obrist aus.»

«Da ist übrigens noch ein hübsches Detail», ergänzte Fiona und lächelte verschmitzt, «auch unser Chef, Andreas Wagner, war in derselben Zeit in der *Bernensia* aktiv.»

Mittwoch, 2. Juli

«Sehr merkwürdig ist das. Wirklich merkwürdig.»

Emma blickte nochmals auf das Blatt mit den Ergebnissen des Kriminaltechnischen Dienstes. Die Spezialisten hatten hervorragende Arbeit geleistet, in so kurzer Zeit solch umfangreiches Material zu analysieren. Aber was sollten diese Resultate bedeuten?

Emma ging ins Nachbarbüro, wo Fiona konzentriert vor ihrem Bildschirm saß, und legte das Blatt auf ihre Tastatur.

«Schau das bitte mal an, Fiona. Unser Kriminaltechnischer Dienst hat ausnahmsweise Vollgas gegeben. Aber leider werde ich nicht richtig schlau aus den Ergebnissen.»

Fiona ließ sich Zeit, die Resultate zu studieren.

«Also, ich fasse mal zusammen», sagte sie schließlich. «Man hat insgesamt achtunddreißig beim Apero verwendete Trinkgläser analysiert. Das sind einige mehr, als Gäste anwesend waren. Demnach haben einige Leute mehr als ein Glas verwendet, was nicht ungewöhnlich ist. In genau einem dieser achtunddreißig Gläser hat man Spuren des Giftes Digoxin gefunden. Bingo! Also genau das, was wir erwartet und erhofft haben! Damit ist bewiesen, dass Seidler das Gift aus seinem Weißweinglas aufgenommen hat. Bei den Fingerabdrücken haben wir folgendes Ergebnis: Auf sechsunddreißig Gläsern finden sich Abdrücke von jeweils genau einer Person. Daraus folgt nebenbei, dass die Angestellten Handschuhe getragen haben, als sie die Gläser verteilten. Aber auf zwei Gläsern finden sich je zwei Abdrücke, und zwar von denselben zwei Personen.»

«Ist das nicht merkwürdig?», warf Emma ein.

Fiona dachte einen Moment nach.

«Du hast recht. Wenn jemand das Gift in ein fremdes Glas getan hätte, dann wären möglicherweise – oder auch nicht – auf diesem einen Glas zwei Abdrücke zu finden. Aber wieso auf zwei Gläsern?»

134

«Das werden wir irgendwann herausfinden», fuhr Emma fort, «entscheidender ist ja wohl, zu wem diese Abdrücke gehören. Und hier beginnt unser nächstes Problem.»

Fiona wandte sich wieder dem Papier zu. «Aha, die Abdrücke auf diesen zwei Gläsern gehören einerseits zu Joachim Seidler, dem Opfer, andererseits zu *Unbekannt*. Das heißt, zu keiner Person, deren Fingerabdrücke wir schon entnommen haben oder die in der Datenbank gespeichert ist. Mit anderen Worten: Martina Seidler, Stefanie Dormann, Bettina Faber, Paul Schwitter und Franziska Obrist scheiden als Täter praktisch aus. Oder täusche ich mich da?»

«Wohl leider nicht», seufzte Emma. «Und das bedeutet, dass wir auch von allen übrigen Personen, die im Bellavista waren, die Fingerabdrücke brauchen, sonst kommen wir einfach nicht weiter. Es bleiben uns also beinahe vierzig Leute zum Besuchen! Das können wir nicht alles Massimo überlassen. Du und ich werden auch auf die Piste gehen müssen. Aber zuerst machen wir Pause. Was darf ich dir mitbringen, Fiona?»

«Sehr gerne eine Apfelschorle.»

«Mache ich sofort.»

Emma verschwand und kam nach kaum drei Minuten mit den Pausengetränken zurück.

«Danke», sagte Fiona und nahm einen Schluck von ihrer Schorle. «Emma, ich wollte dich schon lange etwas fragen, falls ich darf.»

«Natürlich, nur zu!»

«Ich finde, du bist eine ganz ausgezeichnete Polizistin, Kriminalkommissarin und Vorgesetzte. Wie bist du dies alles geworden?»

«Zunächst mal danke für dein Kompliment, Fiona. Ja, auch für mich war es ein langer Weg, vom gewöhnlichen Walliser Schulmädchen zur Kriminalkommissarin. Ich kann nur staunen über mich selber!»

Emma nahm einen weiteren Schluck von ihrer Cola.

«Nein, ehrlich gesagt, war es gar nicht immer zum Lachen. Mein Vater ist in Binn aufgewachsen, einem kleinen, armen Bergdorf hoch oben in den Walliser Alpen. Das Leben der Bergbauern war äußerst karg, damals in den 1950er Jahren, wir können und dies heute kaum mehr vorstellen. Man hatte einige Ziegen, einige Schafe, bestenfalls ein oder zwei Milchkühe. Der Roggen von kleinen Äckern am Dorfrand lieferte das tägliche Brot, und jedes Haus hatte seinen eigenen Gemüsegarten. Nur wenige Touristen – vor allem Mineraliensammler – brachten damals einen kleinen Verdienst ins Tal. Mein Vater wollte so bald wie möglich weg von Binn. Mit sechzehn fing er als Lehrling beim größten Walliser Industriebetrieb in Visp an. Nach der Lehrzeit bekam er eine feste Anstellung und zog vom Lehrlingsheim in eine eigene, sehr kleine Wohnung. Meine Mutter – gleich alt wie er – lernte er in einem Warenhaus kennen, wo sie als Verkäuferin arbeitete. Vater war ein zuverlässiger und lernwilliger Handwerker, und mit vierundzwanzig wurde er zum Vorarbeiter befördert. Sein Einkommen erlaubte es ihm jetzt, zu heiraten, und Mutter gab, wie es damals im katholisch-konservativen Wallis selbstverständlich war, mit der Heirat 1972 ihre Erwerbstätigkeit auf. So üppig fiel Vaters Lohn dann doch nicht aus, es reichte nur für die Miete einer bescheidenen Vierzimmerwohnung in einem alten Wohnblock, nahe beim Bahnhof gelegen und allem Verkehrslärm ausgesetzt. Nun ja, in dieser Wohnung bin ich aufgewachsen. Mit einer älteren Schwester musste ich das Zimmer teilen, und die zwei großen Brüder belegten das andere Zimmer. So war es üblich damals, und niemand hätte etwas dagegen zu sagen gehabt. Nein, richtig arm waren wir nicht. Vater verdiente genug, um die sechs hungrigen Mäuler zu stopfen und uns anständig zu kleiden. Und ich ging sehr gerne zur Schule und gab mir Mühe, gute Noten zu bekommen. Irgendwie hatte ich eine diffuse Vorstellung davon, wie es wäre, ins Gymnasium zu gehen, zu studieren, viel Geld zu verdienen… Meine Schulnoten waren nicht schlecht, aber für das Gymnasium hat es leider nicht gereicht. So blieb ich eben weiterhin in der Sekundarschule. Und bald darauf begannen meine Erfahrungen mit der Polizei. Zu meinem Entsetzen musste ich nämlich feststellen, dass in unserem Wohnblock, in unmittelbarer Nachbarschaft, eine Frau von ihrem Mann regelmäßig schwer misshandelt wurde. Der Lärm aus der Nachbarwohnung war nicht zu überhören: Hilfeschreie, eindeutig!»

«Das klingt ja furchtbar», sagte Fiona, «aber was du dann konkret gemacht?»

«Nun, ich war ja damals ein Teenager, zwölf oder dreizehn Jahre alt. Immer wieder kam die Polizei in unser Haus, um die Streitigkeiten zu schlichten. Das war mehr oder weniger unser Alltag. Und irgendwann fiel es mir auf: Die Leute von der Polizei waren lauter Männer. Aber, sagte ich mir, um mit von Männern misshandelten Frauen umzugehen, da braucht es keinen Mann, da braucht es definitiv eine Frau! Nur gab es damals im Wallis fast keine Polizistinnen. Wenn ich doch nur Polizistin wäre und der armen Nachbarsfrau beistehen könnte, dachte ich oft. In der neunten Klasse schickte man uns dann alle in die Berufsberatung. Ich hatte richtig Angst davor, meinen Berufswunsch zu äußern, konnte mich aber zum Glück überwinden. Nie hätte ich erwartet, dass die Berufsberaterin meine Idee gut fände. Doch sie unterstützte mich voll und ganz. Als Voraussetzung für die Polizeischule musste man allerdings eine abgeschlossene Berufslehre vorweisen. Zudem waren gute Noten in Deutsch, Französisch und Sport wichtig. Nach längerem Hin und Her entschloss ich mich für eine kaufmännische Lehre, und das war eine gute Entscheidung. Nach dem Lehrabschluss machte ich ein Praktikum bei einem Ingenieurbüro in Lausanne und verbesserte so meine Französischkenntnisse. Die Eintrittsprüfung in die Polizeischule fiel mir dann leicht. Für die Sportprüfung musste ich überhaupt nichts vorbereiten, da ich seit der Grundschule in mehreren Sportarten aktiv gewesen war.»

«Toll! Und du hast diesen Entschluss nie bereut?»

«Keine Minute! Der Polizeidienst hat mich von Anfang an gepackt. Nach fünf Jahren im Walliser Korps hatte ich Lust, Neues zu entdecken und mich weiterzuentwickeln. Ich wechselte nach Bern, und dort machte sich mein Ehrgeiz erst recht bemerkbar. Ich absolvierte so viele Weiterbildungen wie möglich, und schlussendlich schlug mich mein damaliger Vorgesetzter für die Ausbildung zur Kriminalkommissarin vor. Und heute darf ich sagen: Ich habe den faszinierendsten Beruf der ganzen Welt!»

Emma blickte auf die Uhr. „Höchste Zeit, wieder an die Arbeit zu gehen. In einer halben Stunde kommt Paul Schwitter zur Vernehmung. Und du, Fiona, fährst heute Nachmittag ins Oberland und befragst noch einmal Franziska Obrist. Wir müssen dringend mehr über diese *Bernensia* herausfinden.»

«Ich fahre ganz allein?»

«Ganz allein. Dies ist für dich eine perfekte Gelegenheit zum Üben. Und denk daran: Die Befragte ist im Moment keine Tatverdächtige, sie ist reine Auskunftsperson. Es kann also gar nichts schiefgehen.»

«Ich weiß die Ehre zu schätzen», sagte Fiona mit offensichtlichem Stolz.

Massimo hatte sich heute Morgen an die Aufgabe gemacht, Seidlers Büro bei der *AquaTop*, das natürlich versiegelt worden war, zu durchforsten.

«Emma?» Jetzt stand er in ihrem Büro und wippte von einer Fußspitze auf die andere. «Emma?», wiederholte er, eine Spur lauter.

Endlich drehte sich Emma auf ihrem Bürostuhl um. «Sorry, ich habe dich gar nicht gehört, Massimo. Komm rein. Hast du etwas entdeckt?»

«Ja. Ich habe heute Seidlers Büro gründlich unter die Lupe genommen. Offensichtlich war er ein gut organisierter Mensch. Alle Geschäftsunterlagen sind sauber und ordentlich dokumentiert. Lauter Routinesachen, mit einer Ausnahme.»

138

Massimo trat näher und legte ein Blatt Papier vor Emma hin. «Hier, bitte. In diesem Ordner mit der Beschriftung *Persönlich*, eingeschlossen in einer Schublade seines Schreibtisches.»

Emma überflog das Papier. „Oh! Dieser Typ hat also doch nicht lockergelassen! Steht ein Datum drauf? Aha, das war erst letztes Jahr. Zwanzigtausend hat er also als Genugtuung für seinen Rauswurf gefordert. Ob er das Geld bekommen hat? Und wenn nicht, ob er sich stattdessen rabiatere Methoden ausgedacht hat? Jedenfalls müssen wir uns diesen Peter Rychner nochmals drannehmen! Spätestens morgen will ich ihn hier in meinem Büro haben."

„Wird subito erledigt, Chefin», bestätigte Massimo.

Kaum war Massimo gegangen, erschien Fiona.

«Hey, Emma! *Good News*! Ich habe eine weitere Verbindung zwischen Joachim Seidler und Paul Schwitter herausgefunden.»

«Da bin ich aber gespannt.»

«Schwitter leitet beim Bund die Abteilung Naturgefahren, und diese vergibt häufig Aufträge an private Öko-Büros vergeben. Seidler hat sich mit seiner Firma *AquaTop* mehrfach auf Ausschreibungen des Bundes beworben. Es ist deshalb anzunehmen, dass Seidler direkt mit Schwitter zu tun hatte. Die alte Bekanntschaft aus der Studentenverbindung könnte sich also fortgesetzt haben. Und dann fragt sich: Hatte sich Schwitter in diesem Zusammenhang etwa doch der Korruption schuldig gemacht, wie es im Drohbrief erwähnt wurde? Mit dem, was ich bisher über den Menschen Seidler vernommen habe, könnte ich mir gut vorstellen, dass er seine Ellbogen jeweils sehr weit ausgefahren hat, um an Aufträge für seine Firma zu kommen. Und dass er bestimmt bei jeder Gelegenheit versucht hat, Beamte mit verlockenden Geschenken weichzukochen. Übrigens mache ich mich jetzt auf den Weg ins Oberland. Wer weiß, was mir Franziska Obrist noch Interessantes erzählen kann?»

139

«Sehr gut, Fiona. Jegliche zusätzliche Verbindung zwischen unseren Protagonisten, die wir entdecken, kann für die Aufklärung nützlich sein. Mach nur weiter so!»

Fiona saß, mit einer Tasse Kaffee vor sich, der Hoteldirektorin in ihrem Büro gegenüber.

«Ich kann es immer noch nicht fassen», sagte diese, «zuerst werde ich anonym bedroht und lebe tagelang in Angst und Schrecken, und dann wird einer meiner Hotelgäste ermordet! Was bedeutet das bloß?»

«Allerdings war es nicht irgendein Gast, der zu Tode kam, sondern einer, den Sie schon als junge Frau gekannt haben», wandte die junge Kommissarin ein.

«Oh! Woher wollen Sie das wissen?»

«Nun… Wir haben einige Übung im Recherchieren. Und an die Mitgliederlisten der *Bernensia* heranzukommen, ist kein größeres Problem.»

«Aha, die gute alte *Bernensia*! Dorthin läuft also der Hase! Und weil ich Joachim seit Studentenzeiten kenne, soll ich jetzt wohl verdächtig sein, ihn umgebracht zu haben?»

«Das habe ich nicht gesagt, wir sammeln nur Informationen. Aber Sie könnten uns vielleicht helfen, herauszufinden, was es mit diesen drei anonymen Drohbriefen auf sich hat.»

«Moment… Sagten Sie drei?»

«Exakt. Joachim Seidler hat ebenfalls einen solchen anonymen Brief erhalten.»

«Oh je! So etwas habe ich befürchtet! Und bei ihm wurde die Drohung wahrgemacht…»

«Und auch Ihr Kollege Paul Schwitter wurde bedroht. Und auch er gehörte zur *Bernensia*.»

«Paul wurde bedroht? Ausgerechnet der mustergültige Paul? Das verstehe ich nun gar nicht.»

«Frau Obrist, betrachten wir einfach mal die Fakten: Wir sind ganz sicher, dass alle drei Briefe von derselben Person verfasst wurden. Von wem, wissen wir natürlich nicht. Alle diese Drohungen beziehen sich auf offenbar lange zurückliegende Ereignisse. Und alle drei Adressaten kennen sich seit langem, nämlich aus dieser Studentenverbindung. Glauben Sie, das sei reiner Zufall?»

«Wohl kaum. Aber wir drei, Joachim, Paul und ich, wir haben uns doch seit Jahrzehnten praktisch aus den Augen verloren. Man sah sich höchstens alle paar Jahre mal, auf irgendeiner Veranstaltung.»

«Genau deswegen fokussieren wir uns ja auf die alten Zeiten in der *Bernensia*. Wie haben Sie denn Joachim und Paul von damals in Erinnerung?»

Franziska Obrist lächelte. «Die beiden sind vollkommen verschiedene Charaktere, sie waren bestimmt keine engen Freunde. Hier Paul, der seriöse, stille Schaffer, und dort Joachim, der unbeschwerte, laute Macher.»

«Und wo standen *Sie*?»

«Wahrscheinlich irgendwo in der Mitte. Mit beiden hatte ich keinen engen Kontakt.»

«Denken Sie bitte nochmals nach. Gab es kein einschneidendes Ereignis in dieser Zeit? Etwas Dramatisches, das jetzt zu einer, wie es im Brief heißt, späten Rache hätte führen können?»

«Also bei Paul kann ich mir unmöglich so etwas vorstellen. Er hat sein Studium und seine Doktorarbeit in der Normzeit absolviert und ist niemals mit Frauengeschichten aufgefallen, sofern er überhaupt welche hatte. Bei Joachim andererseits… Er liebte schöne Frauen, schnelle Autos, wilde Partys…»

«Kannten Sie seine Frauenbekanntschaften? Gab es da vielleicht ein spezielles Problem?»

«Lassen Sie mich kurz nachdenken.» Sie schloss ihre Augen.

«Ja, da gab es möglicherweise ein Problem», fuhr sie bald fort. «Es waren damals Gerüchte im Umlauf, aber behaften Sie mich nicht darauf. Er habe eine junge Studentin geschwängert und dann sitzengelassen, hieß es. Aber ob das stimmt, und wer diese

Frau gewesen ist? Leider weiß ich gar nichts darüber. Ach ja, da fällt mir noch etwas ein. Joachim hatte doch diesen schweren Autounfall. Kam dabei nicht sogar eine Frau ums Leben? Oder täuscht mich die Erinnerung? Ich bin mir nicht mehr sicher.»

«Ich danke Ihnen für die Auskünfte, Frau Obrist, und lasse Sie wieder an Ihre Arbeit gehen. Sie haben uns wirklich geholfen», sagte Fiona und erhob sich.

Sehr zufrieden fuhr Fiona zurück nach Bern. Gute Gedanken wirbelten in ihrem Kopf herum, sie fühlte sich richtig im Schuss! Mindestens zwei wichtige Informationen zu Joachim Seidler hatte sie erfahren. Aber wie sollte sie bloß herausbekommen, ob diese Geschichten stimmten? Und wenn ja, wer die geschwängerte Studentin gewesen war? Und die Verunfallte? Könnte es gar dieselbe Frau gewesen sein? Das wäre dann Dramatik pur! Nur, wer könnte sich jetzt, nach so langer Zeit, für den Tod dieser Frau gerächt haben? Vielleicht ein Verwandter oder ein guter Freund von ihr? Durchaus möglich, dem musste sie unbedingt nachgehen. Fiona spürte das prickelnde Gefühl, als würde sie mit diesem Fall langsam aber sicher auf die Zielgerade einbiegen.

«Ich bin erschüttert», seufzte Paul Schwitter, «zuerst werde ich bedroht und in Todesangst versetzt, und dann wird ein anderer ermordet. Was bedeutet das? Und heißt es, dass auch ich immer noch in Gefahr bin?»

Emma Kuonen saß ihm gegenüber im Direktionsbüro des Bundesamtes für Naturgefahren und hielt eine Espressotasse in der Hand.

«Das glaube ich eher nicht. Aber Sie können uns bei der Aufklärung des Mordes helfen. Tatsache ist, dass auch Joachim Seidler einen ähnlichen Drohbrief wie Sie erhalten hat. Und zudem von derselben Person.»

«Was! Auch er wurde bedroht? Und was soll das jetzt bedeuten?»

«Sie kennen schließlich Joachim seit Ihrer Studentenzeit.»

«Kennen... Ja, das stimmt. Aber sonderlich gute Freunde waren wir nie. Wir waren einfach allzu verschieden.»

«Immerhin gehörten Sie derselben Studentenverbindung *Bernensia* an. Erlebt man da nicht einiges zusammen?»

«Das ist doch alles so lange her.»

«Hatten Sie nach Abschluss des Studiums keinen Kontakt mehr zu Seidler?»

«Warum sollte ich? Wie gesagt waren wir nicht die besten Freunde.»

«Wir wissen aber unterdessen, dass Sie berufliche Kontakte zu ihm hatten.»

«Wie meinen Sie das?»

Schwitter knetete nervös seine Finger. Dann zog er ein Taschentuch hervor und wischte sich den Schweiß von der Stirn.

«Ach so!», stieß er schließlich aus, als ob es ihm eben erst eingefallen wäre. «In gewissem Sinne haben Sie recht. Seidler hat sich mit seinem Öko-Büro mehrmals um unsere Aufträge beworben. Ein- oder zweimal erschien er sogar persönlich, um seine Bewerbung zu präsentieren.»

«Ist so ein Vorgehen üblich?»

«Ehm... Nicht unbedingt. In der Regel gibt es nur die schriftliche Bewerbung.»

«Ich frage nur deshalb nach, weil doch in Ihrem Drohbrief etwas von Korruption gestanden hat.»

Paul Schwitter sank merklich in sich zusammen, registrierte Emma. Offensichtlich hatte er ein schlechtes Gewissen. War er von Seidler bedroht worden und hatte ihn umgebracht? Aber das würde doch gar keinen Sinn machen! Nein, so konnte es kaum gewesen sein. Trotzdem musste sie mehr erfahren.

«Können Sie sich diesen Vorwurf der Korruption erklären?»

«Nein... Ehm... Ich arbeite seit siebenundzwanzig Jahren hier im Bundesamt und habe, wie Ihnen alle bestätigen werden, einen tadellosen Ruf. Nun... Diese persönlichen Kontakte mit dem

Antragsteller Seidler, die waren sicher nicht illegal, doch es wäre wohl besser gewesen, ich hätte sie delegiert. Aber sogar angenommen, der Korruptionsvorwurf wäre berechtigt, wüsste ich beim besten Willen niemanden zu nennen, der mich deswegen bedrohen könnte. Nein, das bleibt mir ein Rätsel.»

«Lassen wir das also», fuhr die Kommissarin fort, «und wenden wir uns dem Drohbrief zu, den Seidler erhalten hat. Demnach müsste der Mord eine Rache für ein weit zurückliegendes Ereignis sein, für ein schlimmes Leid, das Seidler jemandem zugefügt hat. Kommt Ihnen da irgendetwas in den Sinn? Vielleicht sogar zurück in der Studienzeit?»

«Ein sehr lange zurückliegendes, schlimmes Ereignis? Lassen Sie mich überlegen.»

Paul Schwitter nahm den letzten Schluck von seinem Kaffee und stellte die Tasse sorgfältig zurück auf den Tisch. Dann wischte er sich erneut den Schweiß von der Stirn.

«Ja… Da war doch dieser Autounfall… Wann ist das wohl passiert? Jedenfalls erst nach Abschluss unserer gemeinsamen Studienjahre. Joachim muss damals schon bei Sandoz im Entwicklungslabor gearbeitet haben, während ich noch mit meiner Doktorarbeit beschäftigt war. Ich denke, da waren wir beide um die achtundzwanzig. Dieser Unfall hat bestimmt in der Presse gestanden.»

«Demnach war es ein schwerer Unfall?»

«Ja, es war äußerst tragisch. Joachim saß am Steuer seines Kabrioletts und verfehlte eine Kurve. Die rechte Seite des Wagens krachte gegen einen Baum. Der Fahrer kam mit leichten Verletzungen davon, seine Mitfahrerin aber starb noch auf der Unfallstelle.»

«Kannten Sie diese Frau?»

«Nein. Ich weiß auch ihren Namen nicht. Seidler war ja bekannt dafür, in kürzeren Abständen seine Freundinnen zu wechseln.»

Paul Schwitter hatte seine Augen geschlossen, offensichtlich war er am Nachdenken. Beinahe eine Minute verstrich, ohne dass die Kommissarin eingriff.

«Entschuldigung!», sagte er jetzt unvermittelt, «ich wusste, da war noch etwas. Es gab dieses Gerücht um eine Schwangerschaft...»

«Ja?»

«Wie gesagt, war Joachim weitherum bekannt als Schürzenjäger. Und manchmal nahm er seine Abenteuer wohl nicht allzu ernst. Jedenfalls gab es ein Gerücht, er habe eine Studentin geschwängert und sich dann nicht weiter um sie gekümmert. Zu der Zeit war ich noch im Institut tätig und habe die Studierenden zumindest vom Sehen gekannt.»

«Das heißt, Sie wissen, wer die betroffene Frau war?»

«Ihren Vornamen, den weiß ich noch, weil er mir so gut gefallen hat. Elena hieß sie, eine hübsche Frau. Was wohl aus ihr geworden ist? Und ob das Gerücht von der Schwangerschaft überhaupt zutraf?»

Emma nickte, offensichtlich zufrieden. «Herr Schwitter, Sie haben uns definitiv weitergeholfen.»

Emma konnte es kaum erwarten, in ihr Büro zu kommen. Ein Autounfall mit Todesfolge, das könnte doch ein Ausgangspunkt sein! Aber warum hatten sie diesen bei der bisherigen Recherche zu Joachim Seidler übersehen? Egal, zu diesem Unfall müsste in der Polizeidatenbank einiges zu finden sein. Und dann diese ungewollte Schwangerschaft, auch dies hatte doch Konfliktpotential! Elena hatte sie also geheißen. Ja, eine Elena war auf der Schönegg gewesen. Ob es wohl dieselbe Frau war? Das wäre ja ein absoluter Glückstreffer! Emma ließ nochmals die drei Drohbriefe Revue passieren. Waren die Briefe an die Hoteldirektorin und an den Bundesbeamten reine Ablenkungsmanöver gewesen? Aber zu welchem Zweck denn? Verflixt, sie kam so einfach nicht weiter!

145

Emma ging gleich zu Fionas Büro und berichtete ihr von Schwitters Befragung.

«Das haben wir ja super hingekriegt», antwortete Fiona grinsend. «Franziska Obrist sagt beinahe dasselbe aus. Ein schlimmer Autounfall und eine ungewollte Schwangerschaft. Dieser Seidler war anscheinend ein ganz verwegener Bursche. Endlich haben wir etwas Konkretes, dem wir nachgehen können!»

«Ja, damit sind wir auf jeden Fall einen Schritt weitergekommen», bestätigte Emma. «Ob das wohl dieselbe Frau war?»

«Das frage ich mich auch. Aber nein, dies erscheint mir doch unwahrscheinlich. Wenn er die schwangere Frau verlassen hat, wird er sie kaum noch zu einer Spritzfahrt in seinem Wagen mitgenommen haben.»

«Ja, logisch.»

«Details zum Unfall werden wir leicht finden, das andere hingegen… Moment mal. Elena soll sie geheißen haben. Und wir haben eine Elena Keller auf der Teilnehmerliste…»

«Freu dich nicht zu früh, Fiona!»

«Aber einen Versuch wäre es doch wert?»

«Absolut. Und zwar wirst du diese Elena befragen.»

Donnerstag, 3. Juli

Peter Rychners Miene wirkte keine Spur freundlicher als vorgestern. Finster starrte er auf die Kopie seines Briefes an Joachim, und seine Mundwinkel zuckten.

«Okay, ich habe voriges Jahr nochmals versucht, ihn zur Vernunft zu bringen. Diese Zwanzigtausend wären ja nur ein Klacks gewesen im Verhältnis zu dem, was er mir effektiv geschuldet hat. Ein klitzekleines Reuegeld, sozusagen.»

«Und? Hat er bezahlt?» Auch Emmas Stimme klang nüchtern und hart.

«Sie haben ihn wohl nicht persönlich gekannt, eh?»

«Demnach hat er nicht gezahlt. Das hat Ihre Wut auf ihn bestimmt nicht vermindert?»

«Wollen Sie mir immer noch diesen Mord anhängen? Zum letzten Mal: Ich habe es nicht getan!»

«Gut, Herr Rychner», fuhr die Kommissarin, innerlich aufseufzend, fort, «Sie haben insofern recht, als dass wir über keine harten Indizien gegen Sie verfügen. Ich lasse Sie also wieder laufen. Aber Sie halten sich weiterhin zu unserer Verfügung.»

Ohne ein weiteres Wort zu verlieren, erhob sich der Zweimetermann und verließ das Büro.

Emma war verunsichert. Einerseits hatte Rychner das bisher stärkste Motiv für einen Mord an Seidler. Andererseits waren Rychners Fingerabdrücke nicht auf den Gläsern mit den zwei Abdrücken gewesen. Wie könnte er bloß sonst das Gift appliziert haben? In einem Getränk, das er Joachim untergejubelt hatte? Aber warum sollte dieser nach Beginn des Aperos noch so ein Getränk konsumieren? Zudem kam Rychner als Verfasser der Drohbriefe nur schwerlich infrage, da man keinerlei Verbindungen zwischen ihm und Franziska Obrist oder Paul Schwitter gefunden hatte. Die Lage war verzwickt! Hatten sie bei Rychner etwas Entscheidendes übersehen, oder waren sie bei ihm ganz einfach auf dem Holzweg?

Es klopfte an die Bürotür, und Fiona trat ein.

«Emma, ich konnte eine weitere wichtige Frage abklären. Wir hatten uns doch gefragt, ob Bettina Faber eine Rivalin um Joachim gehabt haben könnte und damit allenfalls ein Tatmotiv. Ich habe deswegen mit Martina Seidler gesprochen. Sie hält die Existenz einer zweiten Geliebten von Joachim für äußerst unwahrscheinlich. Ganz bestimmt hätte sie dies bemerkt, sagt sie. Zudem neige Bettina zwar zur Eifersucht, aber auf gar keinen Fall zur Gewalt. Dafür lege sie die Hand ins Feuer.»

«Danke, Fiona. Geben wir uns vorläufig damit zufrieden. Wir haben ja auch sonst nirgends einen Hinweis auf eine zweite Geliebte Joachims.» Sie lächelte. «Fast ein bisschen schade. Das wäre ein wunderbares Motiv gewesen…»

«Und noch etwas. Ich habe die Polizeirapporte zu diesem Autounfall, den Joachim Seidler verursacht hat, studiert.»

«Super! Und was geschah da?»

«Es war genau so, wie es Paul Schwitter in Erinnerung hatte. Seidler verfehlte eine Kurve, und der Wagen prallte mit der rechten Seite gegen einen Baumstamm. Seidler kam mit leichten Verletzungen davon. Seine Freundin aber, Angelika Mayer, sechsundzwanzig Jahre alt, starb noch auf der Unfallstelle.»

«Was für eine Tragödie!»

«Natürlich gab es ein Verfahren gegen Seidler. Der Staatsanwalt plädierte auf fahrlässige Tötung, aber offensichtlich waren seine Argumente nicht überzeugend. Seidler wurde lediglich zu einer Busse wegen Verletzung der Verkehrsregeln verurteilt.»

«Angelika Mayer hieß das Opfer also. Jetzt müssen wir etwas über ihr Umfeld herausfinden. Wenigstens ist jetzt klar, dass die Verunfallte und die Schwangere nicht dieselbe Person sind.»

Fiona runzelte die Stirn. «Ich frage mich andauernd, ob dieser Mord nicht eine Rache für den Unfalltod dieser Frau sein könnte. Wenn auch mit großer Verspätung.»

«Das ist durchaus denkbar. Und wer könnte sich da gerächt haben?»

«Vielleicht ein Verwandter von Angelika, oder ein ehemaliger Freund? Laut Rapport wurden nach dem Unfall ihre Eltern und zwei Geschwister befragt. Ob die wohl noch aufzufinden wären?»

«Ein guter Ansatz, Fiona, du kannst dich gerne darum kümmern. Übrigens, Franziska Obrist müssen wir auch nochmal befragen. Dieser im Drohbrief geäußerte Vorwurf der Veruntreuung geistert mir nach wie vor im Kopf herum. Was hat es damit auf sich? Ich fahre heute nochmals hoch zur Alp Schönegg.»

«Und ich kümmere mich sofort um diese Angelika Mayer», sagte Fiona im Hinausgehen.

«Es tut mir leid, Sie nochmals belästigen zu müssen», sagte die Kommissarin, «aber es wird nicht lange dauern.»

«Schon gut», erwiderte Franziska Obrist, «solange ich Sie hier in meinem Hotel empfangen kann, ist es kein Problem, mir ein wenig Zeit zu nehmen. Aber zuerst bestellen wir uns etwas zum Trinken.»

Sie winkte eine Kellnerin herbei. «Für mich einen Ingwersirup. Und für Sie?»

«Gerne dasselbe. Ingwersirup kenne ich noch nicht.»

«Er wird Ihnen schmecken. Kommen Sie, wir setzen uns auf die Terrasse. Also, Frau Kommissarin Kuonen?»

«Wir versuchen immer noch, mehr über die Bedeutung der Drohbriefe herauszufinden. Wie Sie schon wissen, haben drei Personen einen solchen Brief erhalten. Und in allen Briefen geht es offensichtlich um längst vergangene Ereignisse. Deshalb haben wir von der Kriminalpolizei versucht, solche Ereignisse ausfindig zu machen. In Ihrem Fall wurde im Brief das Wort Veruntreuung erwähnt.»

«Oh!» Franziskas Blick wurde starr. «Und Sie haben etwas gefunden…?»

«Ja, wir sind tatsächlich auf etwas gestoßen. Vor neunundzwanzig Jahren standen Sie vor Gericht mit der Anklage Veruntreuung.»

«Bitte hören Sie auf! Ich ertrage das nicht!» Franziska Obrists Blick wurde tränenverschleiert.

«Gut», sagte sie schließlich, «ich sage Ihnen, wie es war. Es war furchtbar. Alles beruhte auf einem Missverständnis, weil ich so schlecht Spanisch konnte. Aber ich hatte einen wunderbaren Verteidiger und wurde freigesprochen.»

«Ich bedaure es, Sie wieder auf diese schlimme Erfahrung angesprochen zu haben. Dieser damalige Prozess geht uns ja gar nichts an. Uns interessiert einzig, ob es einen Zusammenhang mit dem Drohbrief geben könnte.»

«Das ist und bleibt mir ein Rätsel. Wer sollte ein Interesse haben, sich an mir zu rächen? Und wer weiß überhaupt von dieser Geschichte? Mein damaliger Anwalt, aber wer sonst? Ich sehe nirgends einen Grund für eine solche Rache, das Ganze erscheint mir völlig absurd. Ich wurde freigesprochen und habe mir seitdem mit Sicherheit nie mehr das Geringste in Richtung Veruntreuung zuschulden kommen lassen. Ich würde Ihnen gerne weiterhelfen, aber offensichtlich kann ich es nicht.»

«Vielleicht doch», entgegnete die Kommissarin. «Sie haben ja beim letzten Gespräch meiner Mitarbeiterin von Ihrer Zeit bei der Studentenverbindung *Bernensia* erzählt. Dabei haben Sie einen tödlichen Autounfall erwähnt, der von Joachim Seidler verursacht wurde. Unterdessen wissen wir, wer das Opfer, Seidlers Freundin, gewesen ist. Eine Studentin namens Angelika Mayer. Kannten Sie diese Frau?»

«Dann hat mich meine Erinnerung also nicht getäuscht. Diesen schrecklichen Unfall, den gab es tatsächlich. Und nein, Joachims damalige Freundin kannte ich nur vom Sehen. Ich glaube, sie hat Sprachen studiert. Jedenfalls war sie nicht Mitglied bei der *Bernensia*. Eine bildhübsche junge Frau, daran erinnere ich mich. Kein Wunder, hat Joachim auf sie angesprochen. Soweit ich

150

weiß, waren sie erst kurze Zeit zusammen, als das Unglück geschah. Joachim selber kam, wie durch ein Wunder, beinahe unverletzt davon. Ich erinnere mich gar nicht, ob es danach zu einem Prozess gekommen ist.»

«Seidler wurde nur zu einer Busse verurteilt wegen Verletzung der Verkehrsregeln.»

«Sein Sportwagen war, nicht überraschend, schrottreif. Ich hoffe, dass er etwas daraus gelernt hat.»

«Frau Obrist, ich danke Ihnen.»

«Es geht wohl immer noch um den Tod Joachim Seidlers?», fragte Elena Keller gleich, als Fiona Albrecht in ihrem Büro im Botanischen Institut aufgetaucht war und sich vorgestellt hatte. «Ist dieser hinterhältige Mord noch nicht aufgeklärt?»

«Leider nein», antwortete die Kommissarin, «aber vielleicht können Sie uns dabei helfen, Frau Keller. Wir haben eine Vermutung, und ich bitte Sie, mir wahrheitsgemäß zu antworten.»

«Warum sollte ich das nicht tun?»

«Vielleicht weil es ein heikles Thema ist?»

Jetzt stellte Fiona bewusst eine unbewiesene Behauptung in den Raum. Sie musste es einfach riskieren. «Wir glauben zu wissen, dass Joachim Seidler als Doktorand eine Beziehung zu einer Frau namens Elena hatte, welche zu einer Schwangerschaft führte.»

Elena Keller saß eine Weile nur da, ließ den Kopf hängen und starrte zu Boden. Als sie wieder aufblickte, waren ihre Augen feucht. «Woher…?»

«Nein! Ich werde Ihnen nicht sagen, woher ich das weiß. Aber ich muss erfahren, was damals geschehen ist.»

In Elena Kellers Augen blitzte Zorn auf. «Ja, Joachim hat mir ein Kind gemacht. Es war überhaupt nicht geplant gewesen, ich steckte mitten in den Abschlussprüfungen. Und dieser Lump hat es einfach verleugnet! Aber es war ja auch meine Schuld, ich war so naiv und habe nicht wirksam verhütet. So habe ich es auf dem schnellsten Weg… wegmachen lassen, wie man so verächtlich sagt. Verstehen Sie, ich wäre vollkommen überfordert gewesen, allein ein Kind aufzuziehen. Ich sah einfach keinen anderen Ausweg…»

«Eine sehr traurige und belastende Situation für Sie.»

«Andererseits… Wenn ich mir vorstelle, wie es gewesen wäre mit Joachim als Ehemann und Vater… Nein, das wäre kaum gutgegangen, wir waren ja so grundverschieden… Wir hatten nur eine kleine dumme Affäre zusammen… Ach, ist das alles schwierig…»

Plötzlich erstarrte ihre Miene. «Oh! So langsam begreife ich, wozu diese Befragung dient! Sie glauben, *ich* hätte Joachim umgebracht! Um mich zu rächen, beinahe dreißig Jahre später!»

«Ich glaube gar nichts. Ich stelle bloß Hypothesen auf und versuche, Zusammenhänge zu erkennen. Haben Sie ihm nicht manchmal den Tod gewünscht?»

«Zugegeben, meine Wut auf Joachim war damals groß, aber so weit hätte ich niemals gedacht. Niemals!»

Fiona wurde unsicher. Sie traute dieser Frau einfach keinen Mord zu. Zu dumm, dass die noch fehlenden Fingerabdrücke, darunter auch ihre, noch nicht ausgewertet waren! Hätte sie mit der Befragung bis morgen warten sollen? Nein, es war in Ordnung so. Sie dankte Elena Keller und machte sich auf den Rückweg ins Präsidium.

Elena hingegen fühlte, wie sie zunehmend in Panik geriet. Wurde sie ernsthaft eines Mordes verdächtigt? Sie schnellte hoch, lief auf den Flur, klopfte beim Nachbarbüro an, trat ein und machte die Tür hinter sich zu.

«Iris! Iris!», presste sie hervor.

Iris erkannte sofort die Panik in Elenas Augen, sprang auf und nahm sie in die Arme.

Elena brauchte einige Zeit, um herunterzukommen. «Bitte sag mir, dass ich Joachim nicht umgebracht haben kann… Dass ich damit nichts zu tun habe…»

152

«Wie bitte? Du mit dem Mord? Wer behauptet so einen Humbug? Etwa die Polizei?»

«Ich glaube, ja...» wisperte Elena.

«Sag, Elena, hast du je eine Fliege umgebracht?»

«Eine Fliege? ... Kaum mit Absicht...»

«Also! Woher hat die Kripo diese unsinnige Idee?»

Elena putzte sich zunächst ausführlich die Nase.

«Irgendwie haben sie das mit Joachim und mir herausgefunden... Wegen des Kindes... Es sei nur eine Hypothese...»

«Also das! Die enttäuschte Frau bringt den davongelaufenen Liebhaber nach dreißig Jahren um... So ein Blödsinn!»

«Natürlich ist es das. Trotzdem bin ich beunruhigt.»

«Sag mal, Elena: Hast du Joachim umgebracht?»

«Wie bitte? Du traust mir das zu?»

Iris grinste. «Aber Elena, bist du ängstlich! Selbstverständlich nicht! Und wenn du es nicht getan hast, wird dir die Kripo auch nichts nachweisen können. So einfach ist das!»

«Trotzdem, ich habe Angst», erwiderte Elena, «ich habe doch kein Alibi, rein gar nichts!»

Iris drückte ihre Freundin nochmals lange und fest an sich.

Freitag, 4. Juli

«Scheiße! Ich kann es nicht anders sagen. Mist!»

Emma schlug mit der Faust auf ihren Schreibtisch. «Das ist definitiv nicht mehr lustig!»

Keine zehn Sekunden später erschien Massimo, trat zaghaft ins Büro und schloss vorsichtig die Tür hinter sich.

«Emma! Was ist passiert?», fragte er scheu.

«Entschuldige, Massimo. Ich bin einfach ausgerastet. All die viele Arbeit für nichts und wieder nichts!»

«Ich ahne es schon», stöhnte Massimo geknickt. «Die Fingerabdrücke auf den Gläsern. Keiner passt, stimmts?»

Emma seufzte tief. «So ist es. Von fünfundvierzig Personen haben wir die Fingerabdrücke genommen, und keiner davon passt. Der zweite Abdruck auf den beiden Gläsern, die Seidler in den Händen gehabt hat, passt nirgends hin! Eine uns unbekannte Person muss diese zwei Gläser angefasst haben. Aber wer könnte das bloß sein? Ich habe bald keine Idee mehr, es ist zum Verzweifeln!»

Es klopfte, und Fiona trat ein.

«Was macht ihr denn für belämmerte Gesichter?», grinste sie. «Haben wir Klagemauerstunde?»

Aber ihre heitere Miene verschwand sofort, als sie den Ernst der Lage erkannte.

«Ja, was machen wir jetzt?», sinnierte Fiona nach Emmas erläuternden Worten. «Überlegen wir doch mal: Wer käme theoretisch als Erklärung für den unbekannten Fingerabdruck in Frage?»

«Hat sich eine unbekannte Person im Hotel versteckt?», fragte Emma. «Wenn ja, wie hat diese dann das Gift in Seidlers Glas gebracht? Hat sie sich unerkannt unter das Apero-Publikum gemischt?»

«Aber eine solche Person hätten wir doch mit den Kameras entdecken müssen», widersprach Massimo.

«Ja, das ist anzunehmen», bestätigte Fiona, «oder mindestens einer der Gäste oder der Hotelangestellten müsste es bemerkt haben. Das heißt, diese Person müsste das Glas schon vor dem Apero präpariert haben. Aber wie ist das Glas dann zielgerichtet in Seidlers Hände gekommen? Und vor allem: Warum sind ihre Fingerabdrücke auf *zwei* Gläsern?»

«Nein, so kommen wir nicht weiter», stellte Emma zerknirscht fest. «Irgendwie sehen wir den Wald vor lauter Bäumen nicht.»

Eine ganze Weile herrschte eine angespannte Ruhe im Büro. Es fiel keine Stecknadel zu Boden, aber man hätte es zweifellos gehört.

«Hey!», stieß plötzlich Fiona aus. «Endlich kapiere ich es! Deshalb waren es zwei Gläser!»

«Was! Du weißt, warum?», rief Emma höchst erstaunt.

«Natürlich! Es muss ein Tausch gewesen sein! Stellt euch vor: Der Mörder hält sein eigenes Apero-Glas in der Hand, versetzt es mit dem Gift, stellt sich neben Seidler und unterhält sich mit ihm. Sobald Seidler irgendwann sein Glas neben sich auf einen Tisch abgestellt hat, stellt der Mörder sein Glas daneben. Kurz darauf nimmt er Seidlers Glas und verabschiedet sich. Für Seidler bleibt das vergiftete Glas übrig. Er wird kaum bemerken, dass das Glas um einige Zentimeter verschoben steht.»

«Eine gewagte Idee, Fiona!», erwiderte Emma. «Und was für ein Risiko für den Mörder! So ein Manöver hätte doch leicht misslingen können.»

«Das stimmt», gab Fiona zu. «Doch es wäre immerhin eine mögliche Erklärung für die doppelten Fingerabdrücke, dies müsst ihr zugeben. Leider erklärt es aber in keiner Art und Weise, von wem diese Fingerabdrücke stammen könnten.»

«Eben!» Emma war der Ärger anzusehen. «Stehen wir also trotzdem wieder auf Feld Eins?»

Fiona schlug mit der flachen Hand auf den Tisch. «Es *muss* eine Person geben, die auf dieser Alp war und die wir noch nicht im Fokus haben. Wer zu Teufel ist das?»

Samstag, 5. Juli

Alle Zimmer im Hotel Bellavista auf der Alp Schönegg waren besetzt, und wegen des hochsommerlichen Wetters waren zusätzlich viele Tagesausflügler eingetroffen, um auf der Terrasse eine Mahlzeit oder nur ein Getränk einzunehmen. Dementsprechend hatte das Personal in der Küche und im Service alle Hände voll zu tun.

Auch Luis Sanchez war beinahe ohne Pausen den ganzen Tag im Einsatz gewesen. Aber im Laufe des Nachmittags hatte er eine wachsende Nervosität gespürt. Würde sein Geschenk gut ankommen, würde seine kleine Rede geschätzt werden? Immer wieder sah er Carla Costello vor sich, mit ihren wunderschönen Augen, ihrem gewinnenden Lächeln, ihrer sinnlichen Figur… Und schon machte sein Herz einen Satz…

Um halb neun abends war es soweit, das Servicepersonal konnte endlich Feierabend machen. Luis wusste, dass Carla sich dann meist mit einem Tee in den kleinen Aufenthaltsraum im fünften Stock zurückzog, um in der Zeitung zu blättern oder in einem Buch zu lesen. Und er wusste auch, dass sich höchst selten noch andere Angestellte in diesem Raum aufhielten. Das war seine Chance! Er fuhr zunächst mit dem Lift bis zum Dachstock, ging in sein Zimmer, nahm den Zettel zur Hand und übte eine Viertelstunde lang konzentriert den Text. Dann nahm er das Geschenk, stieg eine Treppe hinunter und blieb in der offenstehenden Tür zum Aufenthaltsraum stehen.

Wie erhofft saß Carla, von ihm abgewandt mit Blick zum Fenster, in einem der Fauteuils und hielt ein Buch in der Hand. Luis verhielt sich ganz ruhig, trotzdem kam er nicht dazu, Carla von hinten ausgiebig zu betrachten. Sie merkte beinahe sofort, dass sie nicht mehr allein war, und drehte sich um.

«Ach, du bist es, Luis!»

Sie schenkte ihm ein Lächeln. Dann deutete sie auf sein Päckchen hin. «Hast du etwas zu verschenken?»

156

Luis war irritiert. War es nicht offensichtlich, was er im Sinn hatte? Aber sogleich hatte er sich wieder gefangen, kam auf sie zu und legte ihr das Päckchen in die Hände.

«Tatsächlich für mich?» Sie strahlte ihn an. «Tausend Dank, Luis! Wie kommst du auf die Idee, mir etwas zu schenken? Soll ich es gleich öffnen?»

«Ganz wie du willst», antwortete Luis, «aber ich will... ehm... noch etwas sagen zu dir.»

Er zog den Zettel aus der Hosentasche und blickte konzentriert darauf.

«Liebe Carla, heute ist erst mein zehnter Arbeitstag in der Schweiz und hier im Hotel Bellavista. Niemals hätte ich gedacht, dass ich mich nach solch kurzer Zeit in einem fremden Land schon so wohl fühlen würde. Und dies verdanke ich hauptsächlich dir, Carla! Du hast mich eingeführt, mir alles erklärt, mir besseres Deutsch beigebracht, hast mich mit deiner Freundlichkeit und deinem bezaubernden Lächeln aufgemuntert, wenn ich mich einsam gefühlt habe. Du hast dafür gesorgt, dass ich mich jetzt in diesem Land, auf diesem Flecken Erde schon ein wenig zuhause fühle. Ich weiß, es ist nur ein kleines Geschenk, aber es kommt von Herzen. Ich arbeite sehr gerne mit dir zusammen, Carla, und ich wünsche mir, dass es noch für eine lange Zeit so bleibt.»

Carla hatte unterdessen das Päckchen geöffnet.

«Ein silberner Armreif, wie schön!» Sie streifte ihn gleich über ihr Handgelenk. «Er passt wie angegossen!»

Sie erhob sich und drückte Luis ein Küsschen auf die linke Wange. «Das ist aber lieb von dir, nochmals vielen Dank! Ich bin ja vollkommen überrascht! Auch ich arbeite sehr gerne mit dir zusammen, Luis. Aber sag mal... Worüber ich beinahe noch mehr staune als über das Geschenk: Du hast mir deine kleine Rede in perfektem Deutsch gehalten, vollkommen fehlerfrei, Kompliment! Wie hast du das bloß so gut hingekriegt?»

Luis drehte verlegen seinen Zettel in den Händen herum. «Ja, du weißt... Ich nicht kann verraten... Mein kleines Geheimnis...»

«Ist schon gut», sagte Carla fröhlich.

Luis hatte offenbar keinen Aufwand gescheut, um seine Ansprache zu perfektionieren. Hatte er wohl die Direktorin persönlich um Hilfe gebeten? Oder jemand anderen? Jedenfalls war Carla tief beeindruckt von diesem Effort.

Luis fühlte sich schon beinahe im siebenten Himmel, als Carla ihm zum Abschied ein weiteres Küsschen auf die Wange drückte.

Sonntag, 6. Juli

«Ja, wer ist da?»
Fiona war vom Klingeln des Telefons geweckt worden. Erst jetzt blickte sie auf das Display.

«Ach, du bist es, Emma… Nein, das heißt ja, ich habe noch geschlafen… Du musst dich nicht entschuldigen, es ist sowieso höchste Zeit zum Aufstehen… Oh ja, eine gute Idee!... Unbedingt so früh wie möglich, es wird ja wieder heiß heute… Bestens, bis dann!»

Fiona zog die Fenstervorhänge ihres Schlafzimmers zurück. Ein blassblauer, von dünnen Schleierwolken überzogener Himmel kündigte einen weiteren sommerlich warmen Tag an. Warum habe ich bloß so lange geschlafen, fragte sich Fiona. Das ist doch sonst überhaupt nicht meine Angewohnheit, nach acht Uhr noch im Bett zu liegen. Dann erst fiel es ihr ein. Die Klassenzusammenkunft vom Gymnasium! Dieses organisierte Wiedersehen, neun Jahre nach dem gemeinsamen Schulabschluss. Wenn sie doch nicht hingegangen wäre! Gab es überhaupt irgendjemanden Sympathischen in diesem Knäuel junger Leute? Nein, sagte sich Fiona, im Grunde nicht, aber sie hatte sich nun mal angemeldet und fühlte sich verpflichtet, dabei zu sein. Das Treffen hatte in einem Restaurant auf dem Lande stattgefunden. Der damalige Klassensprecher hatte es organisiert. Wie erwartet alles perfekt, Apero, Essen, Nachtisch, musikalische Unterhaltung, großer Tratsch… Fiona hatte es angewidert. Die Kolleginnen und Kollegen, die umso mehr auftrumpften, je länger der Abend dauerte und je höher der Alkoholpegel stieg. Sie prahlten mit ihren Ehemännern, ihren Ehefrauen, ihren kleinen Kindern, ihrem neuerworbenem Haus mit Garten, ihrer wichtigen Funktion in der Landgemeinde, ihrer Kaderposition in der Firma, ihrem Ärztetitel… Um zehn Uhr hatten Fiona und zwei Kameradinnen die Flucht ergriffen. Sie waren in die Stadt zurückgefahren, hatten sich ein Pub ausgesucht und hatten gequatscht wie ein Haufen

Gänse. Kurz vor Mitternacht waren sie zu einem Dancing weitergezogen, hatten ein paar Tanzschritte gewagt und sich von einsamen jungen Männern ein klein wenig anmachen lassen. Wann war sie schließlich nachhause gekommen? Egal, es war spät gewesen, sehr spät, und kein Wunder, hatte sie so lange geschlafen!

Emma wartete schon auf sie. Fiona stieg aus dem Bus, nahm die paar Meter bis zum Waldrand im lockeren Laufschritt und begrüßte Emma mit einer kurzen Umarmung. Diesen Moment der Begrüßung empfand Fiona nach wie vor als schwierig. Emma war ihre Chefin, und während des Dienstes verkehrten sie zwar angenehm kollegial miteinander, aber doch mit der gebotenen Distanz. Vor einigen Monaten hatten sie damit begonnen, sich in der Freizeit regelmäßig zum Lauftraining zu treffen. Und irgendwann hatte Emma sie unerwartet mit einer Umarmung begrüßt. Seither machten sie das immer so. Eigentlich fand Fiona dieses freundschaftliche Zeichen sehr angenehm. Aber sie musste nach wie vor jedes Mal einen kleinen Schalter im Kopf drehen, um von der Chefin auf die Freundin umzustellen.

«Zum Glück hast du mich aus dem Bett geholt», sagte Fiona lachend, «so dass wir unser Lauftraining noch am kühleren Vormittag absolvieren können. Später am Tag hätte ich bestimmt nur nach Ausreden gesucht, um nicht laufen gehen zu müssen. Ich kenne mich selber langsam gut genug…»

«Also dann, nichts wie los!», antwortete Emma und nahm sie bei der Hand. «Der Polizeidienst zählt auf unsere Fitness!»

Der Ablauf der gemeinsamen Trainings hatte sich im Laufe der Zeit eingependelt. Die erste Viertelstunde liefen sie jeweils in einem eher gemächlichen Tempo nebeneinander her. Dann aber beschleunigte Fiona allmählich, während die um fünfzehn Jahre ältere Emma ihren Schritt beibehielt. Es stimmte so für beide, und der Trainingseffekt war optimal. Eine knappe Stunde nach dem Start trafen sie jeweils wieder am Waldrand ein. Manchmal gingen sie dann zusammen zum Mittagessen, meist aber trennten sie sich für den Rest des Tages.

Emma war heute einige Minuten später als Fiona beim Ausgangspunkt eingetroffen und machte sich sofort an ihre Dehnungsübungen.

«Das hat gut getan heute», sagte sie schnaufend, «zum Glück habe ich bewusst nicht übertrieben mit meinem Tempo. Ich fühle mich so richtig fit für die Herausforderungen der nächsten Woche. Und wie fühlst du dich, Fiona?»

«Auch nicht schlecht, aber ich spüre immer noch den Schlafmangel und den Alkohol von gestern. Oder vielleicht eher den Ärger über mein viel zu langes Aufbleiben nach dieser sinnlosen Klassenzusammenkunft… Jedenfalls werde ich den Nachmittag gemütlich mit einem Krimi auf meinem Balkon verbringen.»

Auch Fiona dehnte ausgiebig ihre Oberschenkel. «Aber schon jetzt geistert mir wieder unser Mordfall im Kopf herum. Woher zum Teufel kommt dieser unbekannte Fingerabdruck? Das wäre doch ziemlich sicher die Lösung des Rätsels!»

«Mir geht es auch nicht anders», bestätigte Emma. «Ich frage mich allerdings, ob wir uns jetzt nicht zu stark auf diese Fingerabdrücke versteifen. Vielleicht sollten wir einen Schritt zurück treten und uns vom klassischen kriminalistischen Leitsatz aus England, *Motive and Opportunity*, leiten lassen. Wer hatte ein echtes Motiv, und wer hatte die Gelegenheit? Wir haben mehrere Personen identifiziert, die grundsätzlich ein Motiv zur Beseitigung Seidlers gehabt haben. Leider sind alle diese Motive in die Kategorie schwach einzuordnen, ausgenommen vielleicht bei Peter Rychner. Und wer hatte die Gelegenheit, es zu tun? Theoretisch alle, die im Hotel waren, aber, wie ich schon gesagt habe, ging der Täter ein großes Risiko ein, dass die Aktion misslingen könnte. Wenn ich mir die Persönlichkeiten der potentiell Verdächtigen vor Augen rufe, schätze ich niemanden als so risikofreudig ein, wiederum vielleicht ausgenommen Peter Rychner. Andererseits hat Rychner nichts mit der *Bernensia* zu tun, das wissen wir jetzt mit Sicherheit. Er kennt Franziska Obrist nicht und Paul Schwitter höchstens von den Tagen der Artenvielfalt. Wozu also die anderen Drohbriefe? Aber ich denke noch an einer anderen Frage herum. Diese könnte uns vielleicht weiterbringen. Warum musste Seidler an einem öffentlichen Anlass umgebracht werden? Hätte es nicht einfachere und risikoärmere Möglichkeiten gegeben, ihn zu beseitigen? Hatte es womöglich einen bestimmten Zweck, diesen Anlass zu wählen? Gerade diese Frage erscheint mir zentral. Sollte es eine öffentliche Machtdemonstration werden? Eine Racheaktion vor allen Leuten? Wollte der Täter vielleicht sogar die Ohnmacht der Polizei darlegen? Drei Personen werden bedroht, und alle sind zugegen, wenn der Mord an einer der drei geschieht. Das ist mit Sicherheit kein Zufall. Und es könnte uns viel über die Psychologie des Täters verraten.»

«Das denke ich auch», fügte Fiona an, «vielleicht müssten wir so einen *Profiler* beiziehen. Einen Spezialisten für die Psychologie von Verbrechern, jemanden, der aufgrund der erhobenen Fakten Schlüsse zieht auf den Charakter der Mörders. Sofern unsere Kripo überhaupt so jemanden in petto hat.»

«Mindestens einen externen Spezialisten würden wir schon finden. Ich werde das gleich morgen mit unserem Chef besprechen. Und jetzt wünsche ich dir noch einen erholsamen Sonntag.»

«Danke, ich dir auch», sagte Fiona und umarmte Emma zum Abschied. Heute mit einem schönen warmen Gefühl.

162

Montag, 7. Juli

Fiona hatte schlecht geschlafen. Immer wieder war sie aufgewacht und hatte an diesem Tötungsdelikt herumstudiert. Warum kamen sie nicht weiter? Waren sie komplett auf dem Holzweg und brauchten einen ganz neuen Ansatz? Emmas Votum von gestern hatte ihr nachhaltigen Eindruck gemacht. Vielleicht sollten sie wirklich die Perspektive wechseln. Wer hätte ein Interesse daran gehabt, dass Seidler mitten in einer Menge von Leuten, die ihn kannten, kollabieren würde? Mitten unter Leuten, von denen sogar mehrere ein Motiv hatten, Seidler in den Himmel zu wünschen? Wusste der Mörder von dieser Tatsache, und hatte er sie ausgenutzt, um von sich abzulenken? Das wäre eine geschickte Strategie gewesen! Auch die drei Drohbriefe wiesen genau in diese Richtung. Aber nach wie vor war nicht klar, wie das Gift gezielt in Seidlers Glas gekommen war. Bei weitem am plausibelsten erschien ihr immer noch die Idee mit dem Gläsertausch.

Fiona versuchte, sich die Situation beim Apero in Erinnerung zu rufen. Waren die schon gefüllten Gläser auf einem Tablett zur Hotelterrasse gebracht worden? Nein, so war es nicht gewesen. Auf einem der Terrassentische war ein Tablett mit leeren Gläsern gestanden. Das Servicepersonal hatte, als die Gäste nach und nach eintrudelten, die Gläser gefüllt, und die Gäste hatten sich eines vom Tablett genommen. Auszuschließen war es aber nicht, dass jemand vom Servicepersonal eines der Gläser mit Gift versetzt und dieses dann gezielt Joachim Seidler angeboten hatte. Allerdings ließen sich so die doppelten Fingerabdrücke auf zwei Gläsern nicht erklären, weil ja keine Fingerabdrücke vom Personal gefunden wurden. Müssten sie die Leute vom Service noch eingehender unter die Lupe nehmen? Andererseits hatten sie keine einzige Verbindung zwischen dem Hotelpersonal und den Gästen finden können. Dies machte eine Beteiligung des Personals am Verbrechen doch sehr unwahrscheinlich. Wer war denn sonst noch auf der Schönegg gewesen? Oder war es gar…? Nein, versuchte Fiona diesen giftigen Gedanken zu verscheuchen. Doch bestimmt nicht dies! Aber wenn doch?

Im Büro angekommen, ging Fiona noch einmal sämtliche Protokolle zum Fall Seidler durch. Irgendwo mussten sie doch etwas übersehen haben! Aber sie entdeckte nichts Neues. Ihre Gedanken wanderten weiter und blieben wieder bei diesem Autounfall hängen. Wer war diese Angelika Mayer gewesen? Ging es am Ende doch darum, ihren Tod zu rächen? Ihren Tod, den Joachim Seidler so fahrlässig verursacht hatte? Aber wer könnte ein Interesse an der Rache haben? Ihre Familie, oder jemand aus ihrem Bekanntenkreis? Das war durchaus denkbar. Aber konnte sie diese Personen jetzt noch aufspüren? Emma hatte sie doch explizit aufgefordert, in dieser Richtung zu ermitteln. Warum hatte sie das nicht sofort an die Hand genommen? Fiona spürte Ärger in sich aufsteigen. Jetzt musste sie handeln!

Sie loggte sich nochmals in die Polizeidatenbank ein und suchte die Rapporte zu diesem tödlichen Unfall heraus. Angelikas Bruder hatte damals das Unfallopfer im Institut für Pathologie identifiziert. Die Polizei hatte ihre Eltern und ihre zwei Geschwister befragt. War eine dieser Personen noch auffindbar? Sie musste es versuchen. Es dauerte nicht lange, und sie hatte eine Telefonnummer eruiert. Der Vorname stimmte, hoffentlich war es wirklich Angelikas Bruder!

Zehn Minuten später steckte Fiona ihr Handy mit einem zufriedenen Lächeln ein. Jetzt wurde es aber definitiv spannend! Ein konkretes Motiv für den Mord lag jetzt vor. Mit einem ganz unerwartetem Verdächtigen! Fiona fühlte sich richtig kribbelig. Aber immer noch fehlten die harten Indizien. Und so eine abwegige Idee, war das nicht einfach absurd? Und was sollte sie jetzt überhaupt tun? Sie konnte ihre Idee doch unmöglich in ihrem Kollegenkreis äußern!

Der Gedanke an die Filmaufnahmen ließ ihr keine Ruhe. Immer mehr kam sie zur Überzeugung, dass sie dort etwas

164

übersehen hatten. Übersehen haben *mussten*. Die Bilder der vier Kameras auf der Hotelterrasse deckten doch alles lückenlos ab, was während des Aperos passiert war. Fiona war stärker denn je von diesem Gläsertausch überzeugt. Diese entscheidende Manipulation musste einfach irgendwo zu sehen sein!

Sie teilte Massimo mit, wo sie zu finden sei, und nahm die Treppe ins zweite Untergeschoss. Schnell hatte sie im Archiv das richtige Regal gefunden und nahm eine Schachtel heraus. Darin befanden sich die Speichermedien mit allen Kameraaufnahmen von der Alp Schönegg. Fiona suchte die Filme von der Hotelterrasse heraus. Sie war sich bewusst, dass die Bilder vom Apero sehr anspruchsvoll zu sichten waren, weil die Leute fast dauernd in Bewegung waren.

Fiona nahm sich vor, ihre Aufmerksamkeit ausschließlich auf die Person des Opfers zu fixieren, jede seiner Begegnungen und jede seiner Bewegungen zu verfolgen. Trotzdem würde es eine herausfordernde Aufgabe, es waren immerhin vier Stunden Filmmaterial zu sichten. Sie ging streng nach einem Plan vor. Immer fünfzehn Minuten volle Konzentration, dann fünf Minuten Pause. Trotzdem fühlte sie sich nach zwei Stunden komplett ausgelaugt. Sie stieg ins Erdgeschoss hoch und genehmigte sich im Bistro einen Kaffee mit einer Zimtschnecke. Sie erkundigte sich kurz bei Massimo, aber niemand hatte nach ihr gefragt. So stieg sie wieder hinunter und machte weiter.

Immer länger und länger kamen ihr die Viertelstunden vor. Immer häufiger ertappte sie sich dabei, wie sie für einen Augenblick vom Film weg und auf die Uhr schaute. Reiß dich zusammen, sagte sie sich wiederholt, irgendwann muss der Augenblick kommen!

Kurz vor Ablauf der nächsten fünfzehn Minuten zuckte sie zusammen. War da etwas? Mit klopfendem Herzen spulte sie zurück und aktivierte die Zeitlupe. Hatte sie sich doch getäuscht? Nein! Es war exakt das zu sehen, was sie insgeheim erhofft hatte! Sie spulte nochmals zurück. Kein Zweifel! Da kam eine Person zu Joachim Seidler und sprach ihn an. Die beiden stießen mit ihren Gläsern an und plauderten eine Weile miteinander. Irgendwann stellte Seidler sein Glas auf den Tisch, die andere Person machte dasselbe. Kurz darauf nahm die andere Person ihr Glas wieder zur Hand. Nein, eben nicht *ihr* Glas, sondern *Seidlers* Glas! Die beiden verabschiedeten sich voneinander, und Seidler nahm das übriggebliebene Glas vom Tisch. Das Glas, das vorher die andere Person in der Hand gehabt hatte! Fiona hätte beinahe laut aufgeschrien. Das war der Beweis! Es war exakt so abgelaufen, wie sie es vermutet hatte. Der Gläsertausch!

Und jetzt kam der Schock! Diese Person, die mit Seidler geplaudert hatte, war… überhaupt nicht zu erkennen! Das Gesicht und die Figur waren bis zur Unkenntlichkeit verpixelt, nur Arme und Beine waren halbwegs sichtbar. Es war schlicht zum Verzweifeln! Fiona fluchte leise vor sich hin. Das durfte doch nicht wahr sein! Es hatte ganz eindeutig ein Gläsertausch stattgefunden, aber es war nicht zu erkennen, von wem! War dies bloß ein Zufall, ein technischer Fehler mit der Kamera? Oder war die Aufnahme nachträglich gezielt manipuliert worden?

Fiona schlug das Herz bis zum Hals, wenn sie an die Konsequenzen einer solchen Annahme dachte. War tatsächlich jemand von der Polizei in den Fall verwickelt? Was würden die Kollegen sagen?

Da kam ihr ein Gedanke. Vielleicht war auf einem der anderen Filme mehr zu sehen? Sie spulte nochmals zurück und notierte sich den Zeitstempel der verpixelten Sequenz. Dann ließ sie die anderen drei Filme zu diesem Zeitpunkt vorlaufen. Doch sie wurde enttäuscht. Die Filme waren in Ordnung, aber vom Gläsertausch war nichts zu sehen.

Fiona überlegte hin und her. Was sollte sie jetzt mit dieser zugleich verräterischen wie unbrauchbaren Aufnahme machen? Da kamen ihr die Fingerabdrücke in den Sinn. Diese Abdrücke, welche der Kriminaltechnische Dienst niemandem hatte zuordnen können. Niemandem? Sie waren doch zu dritt im Hotel

166

gewesen, Emma, Massimo und sie selber! Sollte tatsächlich jemand von ihnen...? Massimo oder Emma? Dieser Gedanke war doch absurd! Wo sollte das Motiv sein? Aber sie hatten die Spuren sämtlicher anderen Personen, die auf der Alp Schönegg waren, überprüft! Es gab einfach keine andere Lösung!

Fiona hielt es beinahe nicht mehr aus. Diese Fingerabdrücke musste sie augenblicklich nachprüfen! Wie sie in Erinnerung hatte, müssten die Fingerabdrücke aller polizeilichen Einsatzkräfte in der Datenbank registriert sein. Schließlich konnten Leute, die bei Ermittlungen im Einsatz waren, dabei Spuren hinterlassen, und diese musste man identifizieren können.

Immer zwei Stufen auf einmal nehmend, eilte Fiona die Treppe hinauf und rannte in ihr Büro. Mit zittrigen Fingern loggte sie sich in die Datenbank ein. Mit wenigen Klicks hatte sie die Seite ihrer Einheit geöffnet und startete den *Matching Algorithmus* für Fingerabdrücke. Massimo... Emma... Fiona... Sie hielt es kaum aus, diese wenigen Sekunden zu warten, bis die Resultate erschienen.

Gottseidank! Keine Übereinstimmung mit den Spuren auf den Weingläsern. Und jetzt?

Der nächste Gedanke ließ sie erstarren. Wer blieb jetzt noch übrig? Andreas, ihr Chef? Ja, er war beim Apero im Bellavista dabei gewesen, wenn auch nur kurz. Aber war so etwas denkbar? Sie startete nochmals den Algorithmus. Wiederum verrannen quälenden Sekunden.

Oh je! Fehlanzeige: Andreas Wagners Fingerabdrücke waren überhaupt nicht in der Datenbank! Also weder ja noch nein. Fiona fühlte sich hin und her gerissen. Konnte sie ihre neue Erkenntnis wirklich ihrer Chefin mitteilen? Würde sie nicht augenblicklich für verrückt erklärt? Nein, sie musste es tun. Schließlich suchten sie die Wahrheit!

Sie schaute auf die Uhr. Oh je, es war schon zwanzig Uhr vorbei. Das hieß wohl, sie musste bis morgen warten.

Dienstag, 8. Juli

Fiona war schon um halb sieben im Büro. Sie hatte wiederum sehr unruhig geschlafen. Immer wieder waren ihr im Traum die Filmausschnitte erschienen. Ein Durcheinander von Leuten, große und kleine Trinkgläser, die gegeneinander klirrten, Gespräche, die sie nur halb verstand, Musik im Hintergrund, Bilder vom Helikopter, hohe Berge, grünleuchtende Seen, schneebedeckte Gipfel, tosende Wasserfälle... Und über allem erklang Emmas Stimme. Befehlend? Bittend? Flehend? Herrisch? Alles war durcheinander gegangen!

Fiona trank jetzt schon den dritten Kaffee und wartete ungeduldig auf Emmas Eintreffen. Endlich hörte sie die Tür des Nachbarbüros gehen. Sofort eilte sie hin, klopfte und trat ein.

«Emma! Entschuldige mein unhöfliches Auftreten! Aber es hat sich...»

«Nur ruhig, Fiona, du bist ja ganz erregt! Du hast wohl Neuigkeiten?»

«Und ob!», stieß Fiona aus, «ich glaube..., nein, ich bin sicher, den Mörder zu kennen!»

«Oh! Da bin ich aber neugierig.»

Fionas Miene drückte Zufriedenheit aus. «In der Tat habe ich sogar zwei überzeugende Indizien. Komm mit ins Archiv, dann zeige ich es dir.»

Emma war sehr skeptisch angesichts Fionas Enthusiasmus, aber sie wollte diesen nicht bremsen und ließ sich nichts anmerken. Sie stiegen ins Archiv hinunter, und Fiona spulte die Kassette bis zur kritischen Szene vor.

«Jetzt pass gut auf!», sagte sie, «dies ist der entscheidende Moment: Der Gläsertausch. Genau so, wie ich es vermutet habe.»

Emma starrte in voller Konzentration auf den Film. «Ja, es war genau so ein Gläsertausch!», stieß sie aus. «Aber diese Pixel! Was soll das? Die zweite Person ist überhaupt nicht zu erkennen! Was ist da passiert?»

168

«Es sieht ganz danach aus, als hätte jemand den Film nachträglich manipuliert.»

«Manipuliert? Willst du damit sagen...? Dass es jemand von uns war?»

Fiona nickte langsam, sie hatte Tränen in den Augen. «Ich kann es ja auch nicht glauben... Die Fingerabdrücke von Massimo, von dir und von mir habe ich kontrolliert, sie sind negativ. Also: Wer bleibt da noch übrig?»

«Du meine Güte!», rief Emma aus, «was hast du da ins Rollen gebracht, Fiona! Ja, die Gläser wurden vertauscht, und in einem davon haben wir das Gift gefunden. Es sieht überzeugend aus. Wir haben von sämtlichen Personen, die auf der Alp waren, die Fingerabdrücke überprüft, mit Ausnahme von Andreas! Lass uns nochmals scharf überlegen. Gibt es wirklich keine andere Möglichkeit? Oh je, in welchem Schlamassel stecken wir jetzt!»

«Aber es muss stimmen. Ich habe noch ein zweites starkes Indiz!», stieß jetzt Fiona aus. «Ich habe mir nämlich die Umstände dieses Autounfalls mit tödlicher Folge näher angeschaut. Und ich habe den Bruder des damaligen Opfers, Pascal Mayer, ausfindig gemacht. Zunächst hatte ich vermutet, dass dieser Pascal Mayer etwas mit dem Mord zu tun hat. Es könnte ja durchaus sein, dass er sich für den Tod seiner Schwester gerächt hat. Wobei sich dann wieder die Frage stellen würde: Warum erst jetzt? Aber angesichts unserer neusten Erkenntnisse aus dem Film... Ist diese Hypothese wohl kaum mehr plausibel. Pascal Mayer wird in wenigen Minuten hier aufkreuzen, um seine Aussage zu machen. Du wirst staunen.»

«Ich staune schon jetzt über dich, Fiona, was du alles erreicht hast!»

«Warte es ab», meinte Fiona geheimnisvoll. «Sehen wir uns den Burschen mal an.»

Pascal Mayer entsprach vollkommen dem Klischee eines erfolgreichen Anwalts um die sechzig. Kleidung, Brille, Frisur, Armbanduhr, Blick... Alles passte zusammen.

«Nehmen Sie Platz», empfing ihn Emma ganz neutral, «und schildern Sie mir Ihr Anliegen.»

«Ihre Mitarbeiterin, Frau Kommissarin Albrecht», begann er, «hat mich gestern angerufen. Ich muss sagen, ich bin aus allen Wolken gefallen. Dieser grauenhafte Unfall, bei dem meine Schwester Angelika ums Leben kam, liegt doch mehr als dreißig Jahre zurück. Und trotzdem sollte er etwas zu tun haben mit einem erst vor wenigen Tagen verübten Mord? Das wäre ja eine unglaubliche Geschichte!»

«Dies ist eine unserer Hypothesen», erwiderte die Kommissarin. «Der Ermordete hat einen anonymen Drohbrief erhalten, in dem eine Rache für ein längst vergangenes Unrecht angekündigt wird.»

«Ach so! Sie denken, der Mord könnte eine späte Rache sein für Angelikas Tod? Ja, dieser Joachim Seidler trug mit seiner sinnlosen Raserei eindeutig die Schuld an ihrem Tod. Das habe ich ihm nie verziehen. Leider hat er lediglich eine Busse bekommen. Wäre ich Richter gewesen, hätte ich ihn zweifellos für fahrlässige Tötung verurteilt. Hoppla... Jetzt habe ich mich wohl selber belastet? Sie denken, ich hätte ihn umgebracht?»

«Wo waren Sie am Samstag, 28. Juni?»

«Aha, mein Alibi ist gefragt! Der letzte Samstag im Juni? Ja, genau! Da waren wir mit Freunden auf einer mehrtägigen Wanderung im Wallis. Ich hätte keine Chance gehabt, an diesem Tag im Berner Oberland aufzukreuzen. Das dürfen Sie gerne nachprüfen.»

«Das werden wir machen. Bitte schildern Sie uns die damaligen Umstände, rund um diesen Unfall.»

«Angelika war drei Jahre jünger als ich, und während ich schon an meiner Doktorarbeit schrieb, studierte sie noch die

Fächer Anglistik und Germanistik. Sie wollte Lehrerin an einem Gymnasium werden.»

«Und wo kommt Joachim Seidler ins Spiel?»

«Angelika war gleichermaßen sehr attraktiv und sympathisch, und entsprechend war sie immer von Männern belagert. Sie war jung und unternehmenslustig, deshalb hatte sie immer mal wieder einen neuen Freund an ihrer Seite. Joachim sollte leider ihr letzter bleiben.»

«Und ihre vorherigen Freunde?»

Pascal Mayer überlegte ziemlich lange. «Da gab es einige», sagte er schließlich, «aber am meisten ist mir dieser Res in Erinnerung geblieben. Er war absolut vernarrt in Angelika. Und als dann Joachim auftauchte und sie ihm ausspannte, muss das sehr schlimm für Res gewesen sein. Er war ein netter Kerl, er hat mir leid getan. Fragen Sie mich nicht, warum Angelika sich von ihm abgewandt hat. Das blieb mir ein Rätsel, und sie hat sich nie dazu geäußert, obwohl wir sonst unter uns Geschwistern einen guten Draht zueinander hatten. Und dann...»

Pascal Mayer hatte feuchte Augen bekommen. «Ja, dann war es auf einmal zu spät dafür...»

«Kannten Sie diesen Res denn näher?»

«Ja, wir haben zusammen Jura studiert und gehörten beide zur Studentenverbindung *Bernensia*. Ich fand, Angelika und er hätten sehr gut zusammengepasst, und rechnete damit, eines Tages die Hochzeitsglocken läuten zu hören. Aber irgendwann trat dieser Joachim als Störfaktor dazwischen und hat sie bezirzt. Weiß der Teufel wie!»

«Herr Mayer, wissen Sie etwa noch den Nachnamen dieses Res?»

«Aber sicher. Und wenn ich richtig informiert bin, leitet Andreas Wagner heute die Kriminalpolizei.»

Emma musste zuerst leer schlucken, bevor sie sich bei Pascal Mayer bedanken konnte.

171

Emma fühlte sich äußerst unwohl. Sie marschierte in ihrem Büro hin und her wie ein Tiger im Käfig. Ihr Blick war abwechselnd zum Boden und zur Decke gerichtet, ihre Lippen hielt sie zusammengepresst, ihre Finger waren ineinander verkeilt. Ab und zu streifte ihr unruhiger Blick Fiona, die am Bürotisch saß. Diese verhielt sich ganz ruhig. Sie wusste, dass, wenn Emma intensiv am Nachdenken und Abwägen war, man sie auf keinen Fall stören durfte.

Plötzlich hielt Emma inne und fixierte ihre Kollegin. «Ist dir eigentlich bewusst, was du da ins Rollen gebracht hast, Fiona? In welchem Schlamassel wir jetzt stecken?»

Fiona hob langsam ihren Blick. «Mein einziges Ziel war doch, dieses Verbrechen aufzuklären», antwortete sie kleinlaut. «Was soll ich dafür können, wenn uns der mutmaßliche Täter nicht genehm ist?»

«Sorry, ich wollte dich nicht kritisieren, Fiona. Du hast hervorragende Arbeit geleistet. Aber was soll ich denn jetzt machen? Jetzt, wo es scheint, als sei unser Polizeikommandant persönlich… Man müsste seine Fingerabdrücke haben, dann wäre alles klar. Aber ich kann doch nicht zu ihm gehen und… Verflixt!»

«Ja, das ist ein Problem. Ich würde vorschlagen, direkt den Staatsanwalt beizuziehen.»

«Natürlich, das ist der Weg!», erwiderte Emma erleichtert.

Staatsanwalt Samuel Erni blieb zunächst eine Weile ruhig sitzen, nachdem Emma ihm die Geschichte um Joachims Tod erzählt hatte.

«Oh je! Ausgerechnet der Kripo-Chef», meinte er schließlich. «Ich muss sagen, etwas Vergleichbares habe ich in meiner Anwaltskarriere noch nie erlebt. Es stimmt, wir haben starke Indizien. Das Gift im Glas, der Film mit dem Gläsertausch, die Geschichte mit der verunfallten Ex-Freundin Trotzdem ist dieser Mann noch nicht zweifelsfrei überführt. Sagen Sie mal, Frau

172

Kuonen: Warum haben wir seine Fingerabdrücke nicht? Das wäre doch der beste Beweis.»

Emma antwortete sofort. «Leider werden die Abdrücke von Kadermitgliedern nicht routinemäßig in der Datenbank erfasst. Und jetzt frage ich Sie, Herr Staatsanwalt: Würden Sie ihren eigenen Vorgesetzten auffordern, den Finger hinzuhalten?»

«Ehm... Ich sehe das Problem. Ich werde ihn umgehend vorladen.»

«Danke, Herr Staatsanwalt.»

Andreas Wagner brauchte seine Fingerabdrücke nicht mehr abzuliefern. Als er durch einen Boten die dringende Vorladung des Staatsanwalts Samuel Erni erhielt, wurde ihm klar, dass er verloren hatte. Seine Gefühlslage fuhr Achterbahn. Die jahrzehntelang aufgestaute Wut auf Joachim Seidler hatte er abreagieren können. Aber um den perfekten Mord zu inszenieren, hatte es offensichtlich nicht gereicht. Er war überführt, sah keine Chance mehr, davonzukommen. Sein Lebensweg war definitiv blockiert, lange Jahre im Gefängnis erwarteten ihn.

Andererseits war seine kriminalistische Neugier geweckt. Auf welchem Weg war Emma ihm auf die Schliche gekommen? Wo hatte er Fehler gemacht? Er musste sich dringend mit Emma und Fiona unterhalten! Aber in einer Stunde wurde er beim Staatsanwalt erwartet, da blieb nicht mehr genügend Zeit dazu.

Das Verhör durch den Staatsanwalt fiel ungewöhnlich kurz aus. Andreas Wagner erhielt vier Stunden Zeit, um zuhause die wichtigsten privaten Pendenzen zu erledigen, danach würde er zur Untersuchungshaft antreten müssen. Er äußerte nur einen einzigen Wunsch, nämlich in der Haft mit den beiden Kommissarinnen, die den Fall gelöst hatten, sprechen zu können.

Donnerstag, 10. Juli

Emma und Fiona hatten noch nicht wirklich verdauen können, was geschehen war. Ihr Vorgesetzter, der Chef der Kriminalpolizei, hatte sich als kaltblütiger Mörder entpuppt! Er saß in Untersuchungshaft und hatte ein Geständnis abgelegt. Und er hatte ausdrücklich gewünscht, persönlich mit Emma und Fiona zu sprechen.

Die beiden Frauen waren in Gedanken versunken und sprachen kein Wort miteinander, als sie zu Fuß den kurzen Weg vom Präsidium zum Untersuchungsgefängnis gingen. Was wollte Andreas jetzt von ihnen?, fragten sich beide. Sich entschuldigen? Sie um Verständnis bitten? Alles zu erklären versuchen? Ja, so musste es wohl sein. Jedenfalls war es eine ausgesprochen unbehagliche Situation.

Andreas empfing sie, in Gegenwart eines Aufsehers, in einem kleinen fensterlosen Raum, dessen ganzes Mobiliar aus einem Holztisch und vier Stühlen aus grauem Kunststoff bestand. Während der Aufseher in einer Ecke stehen blieb, setzten sich die Besucherinnen Andreas gegenüber.

Zunächst fiel kein Wort, die angespannte Stille war mit Händen greifbar, alle vermieden sorgfältig den Blickkontakt. Eine dicke unsichtbare Mauer stand zwischen ihnen.

Endlich erhob sich Andreas von seinem Stuhl. «Meine lieben…», setzte er zögernd an. «Ja, was eigentlich? Ex-Kolleginnen? Ehemalige Untergebene? Vertreterinnen des Rechtsstaates? Nein, einfach Emma und Fiona!»

Er beugte sich über den Tisch und drückte nacheinander beiden die Hand. Dann setzte er sich wieder.

«Es war mir ein großes Anliegen», fuhr er stockend fort, «euch in dieser… ehm… schwierigen Situation sprechen zu dürfen. Ihr habt es wohl schon gehört. Ja, ich habe gestanden. Einen Mord gestanden! Da gibt es nichts zu beschönigen. Ja, ich habe mir eingebildet, das Verbrechen so clever geplant zu haben, dass ich davonkäme. Dieser alte Traum vom perfekten Mord, der ist nicht auszurotten, nicht einmal bei Profis im Ermitteln... Aber es ist anders herausgekommen. Ich werde für mein Kapitalverbrechen büßen müssen. Es ist alles meine Schuld. Einzig und allein meine Schuld.»

Andreas fuhr sich mit allen Fingern hektisch durch die Haare. Dann fiel er plötzlich in sich zusammen. Mit krummem Rücken saß er jetzt da, stützte die Ellbogen auf den Tisch und vergrub sein Gesicht in den Händen. Seine Schultern begannen, rhythmisch zu zucken.

Die beiden Frauen hielten dieses Bild des Jammers kaum mehr aus. Aber sie mussten dableiben. Jetzt die Flucht zu ergreifen, wäre unmenschlich gewesen.

Nach etwa zwei Minuten hatte sich Andreas wieder gefasst. Doch er hob seinen Kopf nur wenig an.

«Emma und Fiona, auch wenn das Ermittlungsergebnis für mich persönlich bitter ist, will ich eure erstklassige kriminalistische Arbeit ausdrücklich anerkennen. Ich habe bestimmt nicht alle Details mitbekommen, aber ich kann mir aufgrund meiner Erfahrung zusammenreimen, wie ihr hartnäckig und gescheit Stück für Stück des Puzzles zusammengefügt habt. Dass es jemand von der Polizei sein musste... Meine Fingerabdrücke fehlten zwar, aber weil es nach und nach klar wurde, dass es niemand sonst sein konnte... Und da blieben nicht mehr viele Varianten übrig... Dass du, Emma, eine ausgezeichnete Ermittlerin bist, wusste ich bereits, und es hat sich auch hier wieder bestätigt. Deine Fähigkeiten hingegen, Fiona, habe ich neu kennengelernt, und ich bin sehr beeindruckt. Du hast brillante Ideen und verfolgst diese hartnäckig wie ein alter Polizeihase. Ja, Fiona... Verdammt! Es kommt einfach über mich...»

Erneut klappte Andreas zusammen, legte seine Stirn auf den Tisch und wurde von Schluchzern geschüttelt. Es dauerte lange, bis er sich wieder aufrichtete.

«Verzeihung… Entschuldigt…» Mehr brachte er im Augenblick nicht heraus.

Emma fühlte sich genötigt, etwas zu antworten. Aber was sagt man in einem solchen Fall? Nein, langes Überlegen half nichts, dachte sie und fing einfach an.

«Andreas, es tut mir so wahnsinnig leid, was da passiert ist. Dich in dieser Situation anzutreffen, sticht mir mitten ins Herz. Du bis seit sechs Jahren mein Vorgesetzter gewesen, hast dich immer korrekt verhalten, hast mich gefordert und gefördert, wo du nur konntest. Dir verdanke ich auf meinem Weg zur Kriminalkommissarin viele wichtige Impulse und Erfahrungen. Jetzt machst du mir Komplimente wegen meiner Ermittlungsleistung. Einer Leistung, die den eigenen Chef ins Gefängnis bringt! Ich habe meine Pflicht getan, aber soll ich mich über diesen Erfolg freuen? Mit Sicherheit nicht! Die Situation ist tragisch und bedrückt mich ganz persönlich.»

Andreas nickte langsam, während sich Emma eine Träne wegwischte.

«Mir geht es genau gleich», ergriff Fiona das Wort, «auch ich verliere einen kompetenten Chef, der mich immer gefördert hat. Und jetzt dieses traurige Ende…» Ihre Worte gingen in einem Schluchzer unter.

Emma übernahm wieder das Wort. «Was übrigens diesen sagenhaften perfekten Mord betrifft: Ich muss zugeben, dass du diesem Ideal nahe gekommen bist. Wenn wir auf der Hotelterrasse keine Überwachungskameras installiert hätten… Ich glaube nicht, dass wir dann je darauf gekommen wären, dich zu verdächtigen. Obwohl… Das Fehlen deines Fingerabdrucks uns eigentlich hätte auffallen müssen.»

Andreas hatte sich wieder etwas gefangen, saß aufrecht am Tisch und hatte seine Tränen abgewischt.

«Jetzt machst du mir beinahe ein Kompliment, Emma…» Er seufzte vernehmlich. «Ja, diese Kameras waren ein Problem.

176

Damit hätte man mich zweifelsfrei erwischen können. Aber ich hatte ja nachher Zugriff zu den Aufnahmen...»

«Du hast sie also manipuliert?», fragte Emma.

«Was blieb mir Anderes übrig? Aber sag mal, Emma, wie seid ihr auf die Geschichte mit Angelika gestoßen?»

«Nun, der Drohbrief an Seidler ließ vermuten, dass er sich auf ein sehr weit zurückliegendes Ereignis bezog. Deshalb haben wir uns bei der Recherche auf Seidler als jungen Erwachsenen konzentriert. Wir stießen auf die *Bernensia*, in der auch Franziska Obrist und Paul Schwitter aktiv waren. Diese beiden erinnerten sich an den Autounfall, und zum Glück fanden wir bald die Akten dazu.»

«In diesen Akten komme ich aber überhaupt nicht vor», wandte Andreas ein.

«Natürlich nicht. Aber Fiona schaffte es, Angelikas Bruder ausfindig zu machen. Dieser hat uns dann die Vorgeschichte erzählt.»

«Raffiniert! Wisst ihr, Angelika zweimal zu verlieren, das war mit Abstand das schlimmste Ereignis meines ganzen Lebens. Mit welcher Unverschämtheit dieser Joachim sie mir ausgespannt hat, hat mich unglaublich schwer getroffen. Wobei ich mir bis heute nicht erklären kann, wie diese intelligente Frau auf so einen Angeber hereinfallen konnte. Aber dass er sie dann zu Tode gefahren hat...»

Andreas wandte sich ab, seine Schultern begannen erneut, unkontrolliert zu zucken.

«Das konntest du niemals vergessen, das verstehe ich», fuhr Emma fort, «und jetzt endlich war der Tag der Rache gekommen. Etwas würde mich aber noch interessieren. Von diesen vier anonymen Drohbriefen, die du offensichtlich selber geschrieben hast, war doch nur einer ernst gemeint. Was war der Zweck der anderen? Reine Ablenkungsmanöver?»

Auf Andreas' Gesicht erschien ein kleines Lächeln. «Bei Franziska Obrist jedenfalls nicht. Da gibt es nämlich etwas, das wohl nicht mal ihr beiden Recherche-Profis herausgefunden habt.»

Emma und Fiona blickten gleichzeitig auf.

«Vor bald dreißig Jahren habe ich Franziska vor Gericht verteidigt. Ich kannte sie ja vom Studium her, und als ich erfuhr, dass sie in Schwierigkeiten steckte, bot ich ihr an, ihr als Verteidiger beizustehen. Übrigens mit vollem Erfolg.»

«So, so», brummte Emma, «du denkst, wir hätten das nicht herausgefunden... Aber das war wirklich kein großes Problem.»

«Oh! Habe ich euch dermaßen unterschätzt? Entschuldigung! Aber die Fortsetzung der Geschichte kennt ihr vielleicht doch nicht.»

«Etwa eine Liebesgeschichte?», fragte Fiona aufs Geratewohl.

«Eben leider nicht. Tatsächlich hatte ich mich während der Prozessvorbereitungen in Franziska verliebt. Angelikas tragischer Tod lag etwa zwei Jahre zurück, und ich fühlte mich zum ersten mal wieder im siebenten Himmel schweben... Fühlte mich befreit von den nagenden Gedanken an die zerstörte Liebe... Alle meine Hoffnungen setzte ich in Franziska, sie erschien mir wie ein rettender Engel. Aber leider gab sie mir in aller Deutlichkeit einen Korb. Ich gebe zu, das war sehr bitter für mich. Eigentlich habe ich diese Ablehnung bis heute nicht wirklich überwinden können.»

«Die Drohung gegenüber Franziska war somit ein kleines Stück Rache?», hakte Fiona ein.

«So könnte man es nennen... Aber ich hoffe, sie habe nicht allzu sehr darunter gelitten. Die Drohung gegenüber Paul Schwitter hingegen... Da muss ich zugeben, das war einfach ins Blaue hinein spekuliert... Das Stichwort Korruption würde ihn zu tiefst beunruhigen, das wusste ich. Warum habe ich es getan? Ablenkungsmanöver, ja, vielleicht. Um den Verdacht auf keinen Fall auf mich zu lenken...»

Einmal mehr senkten alle drei die Köpfe, und es trat eine unheimliche Stille im Raum ein. Die Situation hatte sich nicht entspannt, ja sie konnte sich gar nicht entspannen. Hier ein Polizeichef in Untersuchungshaft, da zwei Kommissarinnen, die ihn überführt hatten, da gab es nichts zu entschärfen.

Schließlich beendete Fiona das aufgeladene Schweigen. «Mich würde noch interessieren, wie du an dieses Gift herangekommen bist. War das nicht riskant?»

Andreas zeigte sogar einen Anflug von Lächeln. «Überhaupt nicht! Das war das einzig Todsichere in meinem Plan. Wisst ihr, mein seliger Vater hatte ein ziemlich schwaches Herz, und zu seiner Zeit verschrieben die Ärzte als Stärkungsmittel noch häufig den Extrakt aus der Fingerhut-Pflanze, mit dem Digitalis-Glykosid Digoxin als Wirkstoff. Als mein Vater vor fünf Jahren starb, war noch eine große Packung entsprechender Tabletten übrig. Warum ich sie nicht weggeworfen habe? Das weiß ich nicht mehr. Ob mir damals schon im Hinterkopf eine kriminelle Anwendung herumschwirrte? Lassen wir das Spekulieren. Wie ihr seht, hatte ich dieses Gift einfach zu Hause im Vorrat.»

«Was ich mich auch noch gefragt habe», fuhr Emma fort, «warum hast du überhaupt von dieser Veranstaltung auf der Alp Schönegg gewusst? Und wer dabei sein würde?»

«Da hat mir der Zufall in die Hände gespielt. Ich lernte kürzlich eine nette Frau kennen, die als Sekretärin im Naturhistorischen Museum arbeitet. Sie erzählte mir von der geplanten Veranstaltung, ich wurde neugierig, und es war dann nicht mehr schwierig, ihr die Teilnehmerliste zu entlocken.»

«Mir ist etwas noch nicht klar», griff Fiona ein. «Dein Ziel war, dich an Joachim zu rächen. Zu einer richtigen Rache würde aber gehören, dass Joachim genau gewusst hat, warum er sterben muss. War ihm das wirklich bewusst?»

«Ich verstehe deine Frage», antwortete Joachim nach kurzem Nachdenken. «Natürlich konnte ich nicht hundertprozentig sicher sein, dass Joachim erkannte, worauf sich mein Drohbrief bezog. Aber ich ging schon davon aus, dass er an die Geschehnisse mit Angelika – und damit auch an mich – dachte. Falls es anders war… Nun, dann möchte ich es lieber gar nicht wissen.»

Der Aufseher trat zum Tisch. «Maximal noch fünf Minuten.»

«Dann noch eine letzte Frage», sagte Emma. «Warum hast du bloß so lange gewartet?»

«Ich wusste, dass diese Frage kommt. Ich stelle sie mir permanent seit Jahrzehnten. Immer hat irgendetwas gefehlt. Die Gelegenheit, der Mut, was weiß ich. Aber ich will nicht mehr darüber nachdenken. Jetzt ist die Tat vollbracht, und ich werde sie mit vielen Jahren in Haft büßen.»

Emma und Fiona fühlten, dass es nichts mehr zu sagen gab. Sie schüttelten Andreas zum Abschied die Hand und verließen ohne ein weiteres Wort den Raum.

Freitag, 11.Juli

Paul nahm Barbara in die Arme. Sie küssten sich zärtlich und lange.

«Was meinst du, wie unendlich erleichtert ich bin!», sagte er schließlich. «Alle Gefahr ist vorüber, ich kann wieder ruhig atmen und schlafen.»

«Ja, das ist wunderbar. Aber wer hätte das gedacht? Der Kommandant der Kriminalpolizei ein Mörder! Sag mal, hast du ihn überhaupt gekannt?»

«Nur oberflächlich, von unserer Studentenverbindung her. Aber das ist vor Jahrzehnten gewesen.»

«Dann begreife ich aber nicht, warum er dir einen solchen Drohbrief geschrieben hat. Was hatte er denn wirklich von dir gewusst? Und warum hätte er dir schaden wollen?»

«Siehst du, Barbara, das werde ich wohl nie herausfinden. Aber es interessiert mich nun auch nicht mehr. Ich schaue in die Zukunft!»

«Ich bin ja so froh, dass alles vorbei ist», sagte Martina, «das ist beinahe ein Grund zum Feiern. Auch wenn ich dies niemals laut äußern dürfte. Schließlich ist eben erst mein Ehemann gestorben.»

Sie ging in die Küche, nahm eine kleine Flasche Prosecco aus dem Kühlschrank und brachte sie mit zwei Gläsern ins Wohnzimmer.

«Ja, alles vorbei», sagte sie nochmals, während sie die Flasche öffnete. «Diese lästigen Formalitäten, der organisatorische Kram, der Tag der Beerdigung mit Gottesdienst, Friedhof, Händedrücken vor dem Grab, Trauermahl mit sechzig Gästen… Und jetzt sitzt der Kriminalkommissar persönlich in Haft – ach, die Welt spielt so völlig verrückt! Aber lassen wir das hinter uns…»

Sie schenkte ein. «Zum Wohl, Stefanie!» Sie stießen mit den Gläsern an.

«Jetzt bleibt nur noch die Beantwortung der vielen Kondolenzbriefe», erwiderte Stefanie und legte einen Arm um Martinas Schulter. «Und ich bestehe darauf, dir dabei zu helfen.»

«Danke, Schatz.»

Martina bettete ihre Wange in Stefanies Halsbeuge. «Weißt du was? Ich freue mich wahnsinnig darauf, bald mit dir zusammenzuwohnen.»

Bettina fuhr ihren Computer herunter, schloss die Schreibtischschublade ab, packte einen Stoß Dokumente in ihre geräumige Handtasche, schloss ihre Bürotür zu und trat ins Freie. Beinahe zwei Wochen waren vergangen, seit ihr Chef und Geliebter von dieser Welt gegangen war. Zwei Wochen voller Schmerz, Tränen und Verzweiflung!

Aber sie hatte sich vom ersten Tag an vorgenommen, stark zu sein und hart an ihrer Zukunft zu arbeiten. Und sie konnte darauf vertrauen, dass die laufenden Projekte von *AquaTop* auch ohne ihr Eingreifen eine Zeitlang reibungslos weiterliefen. Diese Gewissheit gab ihr Zeit, sich in Ruhe in ihre Tätigkeit als Firmenchefin einzuleben. Dass sie diesen Posten zumindest ad Interim übernehmen würde, hatte niemand in Frage gestellt. Wie es längerfristig weiterging, würde sich später zeigen.

Bettina ging wie immer zu Fuß zu ihrer nur einige Hundert Meter entfernten Wohnung. Unterwegs kaufte sie Brot, Schinken und Salat für ein einsames Abendessen ein. Als sie ihr Wohnzimmer betrat, das bordeauxrote Sofa, den Clubtisch mit der Rauchquarzplatte und ihre kleine Spirituosenbar erblickte, kamen ihr sofort wieder die Tränen. Wie oft hatten sie zusammen auf dem Sofa gesessen, sich mit einem Drink zugeprostet, über Gott und die Welt geredet, gemeinsame Pläne diskutiert, einander zärtlich berührt... Wie es wohl gewesen wäre, ein Kind von ihm großzuziehen? Jetzt musste sie ihren Tränen freien Lauf lassen...

Eigentlich war Joachim zuletzt ein einsamer Mensch gewesen, dachte sie. Seine Familie war ihm nach und nach entglitten, noch

182

bevor er dies richtig realisiert hatte. Auch die Zahl seiner guten Freunde war stetig gesunken, weil er viele von ihnen mit seiner kompromisslosen und direkten Art vor den Kopf gestoßen hatte. Im Geschäftsleben war er zwar weitherum respektiert worden, aber auch dort hatte sich die Zahl der engen persönlichen Kontakte an einer Hand abzählen lassen. Sie, Bettina, war tatsächlich seine einzige wahre Vertraute gewesen.

Sie ging zur Bar, goss sich ein kleines Glas Whisky ein und prostete sich selber vor dem Wandspiegel zu. Mit dem leeren Glas in der Hand fasste sie einen Entschluss und sagte sich diesen laut vor. Ja, sie wollte und musste Joachims Erbe weiterführen, sie wollte und musste die *AquaTop* übernehmen! Und ja, sie war überzeugt davon, dass sie die Geschicke der Firma für viele Jahre würde mitprägen können.

Montag, 14. Juli

Emma hatte heute einen freien Tag. Nach den vielen Überstunden der vergangenen Woche tat es gut, einmal zur Ruhe zu kommen. Am Vormittag war sie durch die Stadt gebummelt, hatte verschiedene Einkäufe gemacht und schließlich in einem gemütlichen Café Zeitungen gelesen. Zuhause hatte sie sich einen kleinen Lunch zubereitet und saß jetzt, neben sich ein Glas Bier, auf der Schattenseite ihres Balkons und versuchte, in sich hineinzuhören.

Sie fühlte sich wirklich in einem Dilemma. Ihr ehemaliger Chef, Andreas Wagner, hatte ihr, zumindest zwischen den Zeilen, nahegelegt, sich für seine Nachfolge als Vorsteherin der Kriminalpolizei zu bewerben. Aber konnte sie das? Wollte sie das? Ja, sie hatte viel Zuspruch von verschiedensten Seiten erhalten. Eine äußerst fähige Kriminalkommissarin sei sie, hatte sie mehrmals gehört. Aber genügte das? Hatte sie auch die notwendigen Führungsqualitäten, um einer größeren Belegschaft vorzustehen?

Andererseits war dies doch eindeutig die Chance ihres Lebens! Wann würde sie wieder die Gelegenheit haben, sich für so einen Posten zu bewerben? Und sie war doch immerhin seit sechs Jahren Gruppenleiterin und hatte sich, wie mehrere unabhängige Personen bestätigt hatten, als Führungsperson bewährt. Wo war also noch das Hindernis?

Jetzt sah sie Fiona vor sich. Ihre blitzgescheite und engagierte Assistentin. Ja, auch Fiona hatte eine Beförderung mehr als verdient. Falls sie selber Kripochefin werden sollte, würde sie Fiona zu ihrer persönlichen Assistentin ernennen. Diese Perspektive erschien ihr sehr verlockend und motivierend. Und was sprach denn dagegen? Emma schloss ihre Augen. Minute um Minute verstrich. Dann, unvermittelt, fasste sie ihren Entschluss. Ja, ich bewerbe mich als Kripochefin! Und wenn ich nicht gewählt

184

werde, muss ich mir wenigstens nicht vorwerfen, es nicht versucht zu haben!

Franziska war nach wie vor erschüttert. Es fiel ihr unendlich schwer, zu glauben, was inzwischen geschehen war. Andreas Wagner ein kaltblütiger Mörder! Ja, sagte sie sich, alte Wunden reichen tief, allein durch die verfließende Zeit werden sie nicht immer geheilt. Sie können jahrzehntelang unter der Oberfläche gären. Doch irgendwann platzen sie auf, und es kann zur Katastrophe kommen. Andreas tat ihr von Herzen leid. Und sie verzieh ihm auch, dass er sie mit diesem Drohbrief so in Angst versetzt hatte.

Ja, sie hatte ihn damals, als er so heftig um sie geworben hatte, ziemlich hart abgewiesen. Das musste ihm außerordentlich weh getan haben. Etwa zwei Jahre zuvor hatte er Angelika, seine große Liebe, verloren, zuerst an Joachim, bald darauf an den Tod. Seine kleine Rache mit dem Drohbrief war also durchaus angemessen, dachte Franziska mit einem Lächeln auf den Lippen. Was wäre denn gewesen, versuchte sie sich vorzustellen, wenn sie Andreas damals nicht abgewiesen hätte? Wie lange hätte die Beziehung gehalten? Vom Charakter und der Lebenseinstellung her hätten sie nicht schlecht zusammengepasst. Damals jedenfalls. Hätten sie Kinder gewollt? Ach, es war so müßig, jetzt daran herum zu studieren!

Franziska trank ihr Bier aus, erhob sich von ihrem Sofa und trat auf ihren privaten Balkon im fünften Stock des Hotels hinaus. Die Sonne war vor wenigen Minuten hinter dem Eggspitz untergegangen. Gegen Westen war der Himmel beinahe wolkenlos, im Osten hingegen türmten sich über den Gipfeln rosarot leuchtende Quellwolken auf. Eine wundervolle Ruhe lag über der Bergwelt. Weit weg, nur knapp hörbar, rief irgendein Hirte den traditionellen Alp-Segen in die beginnende Nacht hinaus. Was für ein Frieden hier oben! Es war wirklich die beste Entscheidung ihres Lebens gewesen, hierherzuziehen! Franziska atmete einige Male tief ein und aus.

Dann trat sich nach vorne und schaute hinunter auf die Hotelterrasse, wo sich noch vereinzelte Gäste ihren letzten Drink genehmigten. Als ihr Blick weiter nach rechts schweifte, überzog ein Lächeln ihr Gesicht. Sie hatte es kommen sehen.

Und jetzt war es so weit. Auf einer Bank an der Hauswand saßen, weitgehend im Dunkeln, Carla und Luis. Sehr eng umschlungen.

Fiona las den Brief, den Andreas ihr und Emma geschickt hatte, schon zum dritten Mal. Ihre Augen füllten sich mit Tränen. Sie sah ihren ehemaligen Chef vor sich, wie er grübelnd in seiner Zelle saß. Würde er es tun? Die Zeilen verschwammen beinahe vor ihren Augen.

Ich bin jetzt ganz ruhig. Mich kann nichts mehr erschüttern, ich habe vorgesorgt. Noch ist nichts entschieden, aber ich kann jederzeit gehen, wenn ich die Zeit für gekommen halte. Das Röhrchen mit dem Digoxin ist gut versteckt, sie werden es nicht finden.